Karl Valentin:
Der reparierte Scheinwerfer
Szenen und Dialoge

Deutscher
Taschenbuch
Verlag

Von Karl Valentin
ist im Deutschen Taschenbuch Verlag erschienen:
Die Raubritter vor München (165)

Oktober 1975
Deutscher Taschenbuch Verlag GmbH & Co. KG,
München
Lizenzausgabe des R. Piper & Co. Verlages, München
Auswahl aus ›Karl Valentin's Gesammelte Werke‹
und ›Sturzflüge im Zuschauerraum. Der Gesammelten
Werke anderer Teil‹
Umschlaggestaltung: Celestino Piatti
Gesamtherstellung: C. H. Beck'sche Buchdruckerei,
Nördlingen
Printed in Germany · ISBN 3-423-01108-4

Inhalt

Szenen

In diesem Stück gibt es keine Dekorationen, und das Orchester, von welchem unser Spiel auch einen seiner Titel: ›Vorstadtorchester‹ bekommen hat, sitzt mit seinem Original von Musiker, den Karl Valentin spielt, auf den gleichen Stühlen vor dem Podium, wie die kleine Kapelle auch sonst Tag für Tag immer. Und wie sieht er aus! »*Er hat eine spaßige Nase aufgeklebt, die Backen karminrot gefärbt, und widerspenstig springt das zu kurze, schmierige Vorhemd aus dem Rahmen der Weste. Wie er da auf seinen zwei Groteskbeinen steht, sehen wir tief in die arme Seele und riechen die muffige Stube, in der er haust.*« *(Alfred Polgar)* »*Alles an ihm ist dürftig, spitz, lang, dürr. Seine Beine sind Besenstiele, in enge schwarze Zugröhren gezwängt, aus denen die Knie gefährlich herausstechen. Seine Finger sind Gartenscheren, sein Kinn ist ein spitzes Kap. Ein langer Hals hebt aus dem Kragen einen Kopf, der selbst mit Zinnoberbacken noch farblos wirkt. Dünn das blonde Haar. Auf der langgeklebten Nase eine Hornbrille ohne Gläser. Pallenberg ist von Rabelais gedichtet, dieser Valentin von Jean Paul.*« *(Monty Jacobs)*
Den Kapellmeister spielt Liesl Karlstadt im Spitzbart und mit einem kleinen Schmerbäuchlein. Wirr steht ihr die schwarze Künstlermähne um das Haupt. Der abgeschabte Frack mit seinen glänzenden Ellenbogen scheint vom Trödler zu stammen. Die Gummiröllchen rutschen im Feuer des Dirigierens immerzu aus den Ärmeln, dabei bimmelt die riesige Uhrkette über der schäbigen Weste hin und her, und das schwarze Lötschlipsl rutscht am viel zu weiten Gummibandl fortwährend herunter aufs Gummichemisett. »*Dieser Kapellmeister ist unbeschreiblich echt in jedem Zug, in jeder Einzelheit des Gehabens: dem Über-die-Brille-Wegschauen, der Art, die linke Hand auf dem Rücken unter den speckigen Rock zu schieben, dem phlegmatisch-selbstbewußten Dirigieren und der ganzen griesgrämig-groben Tonart seiner Orchestertyrannis.*« *(Rudolf Bach)*
Die Sängerin ist eine recht üppige Erscheinung. Sie trägt ihr Abendkleid aus brüchiger Seide mit Würde und außerdem einen »*falschen Wilhelm*« *um den Kopf gewickelt, der die Neigung hat, sich selbständig zu machen.*
Die Soubrette läßt öfters ihren dunkelweißen Spitzenunterrock hervorblitzen, auch sie hat etwas »*vui Holz vor der Hüttn*«, *ihren Schuhen sieht man es an, daß sie lang nicht beim Schuster waren.*
Selbst aus den weiteren Nebenfiguren verstand Karl Valentin immer neue groteske Erscheinungen hervorzuzaubern: den Kunstradfah-

rer, unendlich lang und dürr im eng anliegenden Trikot sein Dreirad einherschiebend, den Türkischen Zauberer im weiten Kaftan, der mit kabbalistischen Zeichen benäht ist, – einst von dem unvergeßlichen Wenninger oder dem dicken Rückert gespielt, – seinen Gehilfen, ein echtes Giesinger Lausbubengesicht, den Hungerkünstler im Konfektionsanzug, den Theatermeister im weißen Kittel, den hemdsärmeligen Tapezierer mit der grünen Schürze, die Frau Kapellmeister, eine richtige »Bißgurn« im Kapotthütchen, und die Musikanten der Hauskapelle, die sich selbst spielen.

Wenn der Vorhang der Vorderbühne aufgeht, sieht man – bei geschlossenem Vorhang der Hinterbühne – nur den Stehgeiger und zwei weitere Musiker damit beschäftigt, ihre Blechnotenpulte auseinanderzuklappen und aufzustellen und sich Stühle zu holen, auf die sie sich pomadig hinsetzen. Der Stehgeiger schaut auf die Uhr. In diesem Moment kommt der vierte Musiker auf die Bühne.

STEHGEIGER: Los! Los! Warum kommen Sie so spät?

DER VIERTE MUSIKER: Weil es so heiß ist!

Er wischt sich den Schweiß von der Stirne, setzt seinen Strohhut ab, legt seine Joppe, die er unterm Arm getragen hatte, auf den Stuhl und setzt sich. In diesem Moment kommt der fünfte Musiker herein, der vollständig durchnäßt ist.

STEHGEIGER: Nanu – was ist denn los? Sie sind ja ganz naß! Regnet es denn?

DER FÜNFTE MUSIKER: Es wolkenbrüchelt.

Als sich der fünfte Musiker auch ausgezogen und gesetzt hat, kommt Karl Valentin herein im Pelzmantel, steifen Hut, Handschuhen, über und über mit Schnee bedeckt.

STEHGEIGER: Um Gotteswillen! Was soll denn das heißen! Schneit es denn?

KARL VALENTIN: Furchtbar! Eminent!

STEHGEIGER: Der eine schwitzt, der zweite sagt, es regnet, und Sie kommen mit Schnee!

KARL VALENTIN: Wer sagt, daß es regnet?

STEHGEIGER: Der Herr Müller hat soeben gesagt, daß es furchtbar regnet.

KARL VALENTIN *zu Herrn Müller*: Ja, wo sind denn Sie hergekommen?

DER FÜNFTE MUSIKER: Von der Theresienstraße.

KARL VALENTIN: Ja, i bin von der Schwanthalerhöh hergekommen.

STEHGEIGER *zu Valentin*: Also Schluß mit dem Unsinn! Ziehn Sie sich aus.

KARL VALENTIN: Ganz?

STEHGEIGER: Nein, nur Hut und Mantel sollen Sie ablegen – *Valentin legt alle seine Sachen auf das Klavier.* Halt! Halt! Nehmen Sie die Sachen hier weg! Es wird ja alles naß von dem Schnee.

KARL VALENTIN: Der zerrinnt nicht, ist ja nur Christbaumschnee.

STEHGEIGER: Richten Sie lieber Ihre Noten her, daß alles fertig ist, wenn der Herr Kapellmeister kommt!

Valentin setzt sich. Ein letzter Musiker kommt.

DER LETZTE MUSIKER: Ist unser Kapellmeister noch nicht da?

KARL VALENTIN: Nein, bis jetzt noch nicht, vielleicht kommt er später?

DER LETZTE MUSIKER: Bei uns schimpft er gleich, wenn einer mal zu spät kommt, aber er darf sichs ja erlauben, der alte Aff.

KARL VALENTIN: Der sitzt höchstens wieder drüben in der Wirtschaft und sauft eine Maß nach der andern, der besoffene Uhu –

DER LETZTE MUSIKER: Könna tut er auch nichts, der alte Depp, der kennt ja nicht einmal die Noten, ich kann überhaupt nicht verstehen, wie der da herein in das Theater als Kapellmeister gekommen ist.

KARL VALENTIN: Durch Projektion – sonst haben sie ihn nirgends brauchen können, den alten Grantlhauer, weil er von der Musik ja gar nichts versteht.

Der Kapellmeister tritt unbemerkt auf, er hört ruhig zu.

DER LETZTE MUSIKER: Ja, mir wenns amal zu dumm wird, dann kann er etwas erleben, der spinnate Kerl. Der ist ja sowieso schon sechs Jahre narrisch.

KARL VALENTIN: Nein, das reicht nicht mehr, der ist schon sechzig Jahr narrisch.

DER LETZTE MUSIKER *dreht sich um, sieht den Kapellmeister, grüßt ihn leise:* Guten Abend – *zu Valentin, schnell* – Komm, richt endlich deine Noten her und red nicht immer so viel, sonst wenn der Herr Kapellmeister kommt, bist wieder nicht fertig, dann muß er sich gleich wieder ärgern.

KARL VALENTIN: Seit wann sagst du: Herr Kapellmeister?

DER LETZTE MUSIKER: Ich habe noch nie anders gesagt wie Herr Kapellmeister –

KARL VALENTIN: Jetzt schau einen solchen Konditor an, Herr Kapellmeister sagt er auf einmal, und sonst schimpft er die ganze Zeit über ihn!

DER LETZTE MUSIKER: Das ist nicht wahr, ich hab noch nie über unsern Herrn Kapellmeister etwas gesagt, du hast grad gsagt, daß er sechs Jahre narrisch ist.

Karl Valentin: Ich hab gsagt sechzig Jahr –
Der letzte Musiker hustet verlegen.
Karl Valentin: Was hast denn auf einmal, warum sprichst denn nichts mehr? *Zu den andern.* Was schaut ihr denn so blöd? Habt ihr mir wieder was naufghängt? *Er dreht sich um und sieht den Kapellmeister.*
Der Kapellmeister: Jetzt horch ich Ihnen bereits fünf Minuten lang zu –
Karl Valentin: So lang schon?
Der Kapellmeister: Wen haben Sie denn da gemeint mit dem alten Aff?
Karl Valentin: Meinen Bruder.
Der Kapellmeister: So, Ihren Bruder – – Sie haben doch einmal zu mir gesagt, Sie haben gar keinen Bruder –
Karl Valentin: Nein –
Der Kapellmeister: Wen haben Sie dann gemeint?
Karl Valentin: Meine Schwester.
Der Kapellmeister: Erst den Bruder und dann die Schwester?
Karl Valentin: Jawohl –
Der Kapellmeister: Und ich bin so dumm und glaub das gleich –
Karl Valentin: Jawohl –
Der Kapellmeister: Nein, absolut nicht – Sie, da wenn ich Ihnen drauf komme, wen Sie da gemeint haben, aber dann spukts!
Karl Valentin: Da kommen S' nicht drauf.
Der Kapellmeister: Das wird auch gut sein – da hört sich doch alles auf! – Guten Abend, meine Herrn –
Alle Musiker: Guten Abend, Herr Kapellmeister.
Der Kapellmeister: Es ist ganz gut, wenn man auf eine solche Art und Weise seine Leute richtig kennenlernt, da tut er mir immer so schön ins Gesicht, und wenn ich nicht da bin, dann schimpft er über mich. Der falsche Kerl – –!
Karl Valentin: Das kann ich doch nicht wissen, daß Sie hinter mir stehen.
Der Kapellmeister: Sie habens notwendig, Sie sind der Allerschlechteste unter allen.
Karl Valentin: Die andern auch –
Der Kapellmeister: Sind die Noten schon aufgeschlagen? Der erste Marsch kommt –
Karl Valentin: M – – – arsch – – –!
Der Kapellmeister: Was sagen Sie?
Karl Valentin: Wissen Sie einen Reim auf Marsch?
Der Kapellmeister: Nein.

Karl Valentin: WWWarsch – – WWarschau – abgekürzt –

Der Kapellmeister: Unterlassen Sie die Witze – sind S' nicht ungezogen – jetzt fangen wir an. – Also, heut muß amal ganz genauso gspielt werden, wie ich dirigiere!

Karl Valentin: So kenna ma net spielen, da kriegn ma fünf Jahr wegn groben Unfug!

Der Kapellmeister: Ruhig! – Heut muß amal so gspielt werdn, wie ich dirigiere – und wem das nicht paßt, der soll machen, daß er heim kommt! *Alle gehen.* Wo laufen S' denn hin?

Karl Valentin: Uns paßts nicht!

Der Kapellmeister: Ihr paßts mir schon lang nimmer! – Setzen S' Ihnen hin!

Karl Valentin: Beim »Flaucher« hat doch die Musik auch immer klappt, – grad Sie masseln immer!

Der Kapellmeister: Ja – Sie werden doch nicht die Flauchermusik mit diesem Orchester vergleichen? – Warum sind S' denn da nicht droben bliebn, wenns Ihnen da gar so gut gfalln hat beim Flaucher?

Karl Valentin: O mei, gfalln tuats mir gar nirgends, wo i arbeitn muaß – und dann bin ich ja in den Chinesischen im Englischen abikemma.

Der Kapellmeister: Wo is denn dees?

Karl Valentin: Im englischen Turm im chinesischen Garten!

Der Kapellmeister: So? Wieviel Mann warn S' denn da?

Karl Valentin: Ja – zehn Mann, – fast elf!

Der Kapellmeister: Entweder warns zehn o d e r elf!

Karl Valentin: Elf warns auf keinen Fall! –

Der Kapellmeister: Na also, dann warns eben zehn!

Karl Valentin: Nein, acht Stück!

Der Kapellmeister: Was?

Karl Valentin: A Stuckera achte!

Der Kapellmeister: Acht Stück Mann – das hab ich noch nie gehört! – Ich weiß was von acht Stück Zigarren, – oder von acht Stück Weißwürst –!

Karl Valentin: Ah – ah!

Der Kapellmeister: Ja, wenn man nur vom Essen was spricht, – da wird er lebendig! Was habn denn Sie für a Instrument blasn bei dene acht Mann?

Karl Valentin: Da hab ich net blasn, da hab ich gsammelt!

Der Kapellmeister: Also, jetzt fang ma an und probierns amal – und wenns nix is, dann hörn ma wieder auf!

Karl Valentin: Hörn ma glei auf!

DER KAPELLMEISTER: Das tät Ihna passn! Obacht geben, jetzt fangen wir überhaupts erst richtig an!

KARL VALENTIN: Pause –?

DER KAPELLMEISTER: Was Pause – Wie kommen denn Sie jetzt auf Pause – Wer hat denn jetzt ein Wort von einer Pause gesagt?

KARL VALENTIN: Haben nicht Sie grad Pause gesagt?

DER KAPELLMEISTER: Ich – – Ich hab ja gar nicht dran gedacht an eine Pause – Sie haben grad gsagt Pause –

KARL VALENTIN: Ich habs gsagt?

DER KAPELLMEISTER: Jawohl, grad im Moment haben Sie's gsagt!

KARL VALENTIN: Drum, ich habs ja ghört!!

DER KAPELLMEISTER: Das würde Ihnen so passen, gleich am Anfang eine Pause machen, da wird nichts draus, jetzt gehts los. *Er klopft ab.*

KARL VALENTIN: Halt – husten muß ich zuerst noch –

DER KAPELLMEISTER: Jetzt hätten Sie so lange Zeit gehabt, zum Husten, im letzten Moment fällt es ihm ein, also husten Sie noch schnell, dann warte ich – vorwärts – was ist denn? *Alle warten und sehen ihn an.*

KARL VALENTIN: Jetzt muß ich nicht –

DER KAPELLMEISTER *klopft ab*: Folies-Bergères-Marsch wird gespielt. *Valentin bläst einmal falsch, deutet auf den anderen Trompeter und bläst zum Schluß einen Takt nach.* Was blasen S' denn da noch nach, wir sind doch schon fertig!

KARL VALENTIN: Ich hab ja später angfangt auch.

DER KAPELLMEISTER: Wo steht denn das, was Sie da nachblasn habn?

KARL VALENTIN: Wer hat nachblasen?

DER KAPELLMEISTER: Sie haben doch einen Ton nachgeblasen!

KARL VALENTIN: Ich?

DER KAPELLMEISTER: Natürlich Sie!

KARL VALENTIN: An Dreck!

DER KAPELLMEISTER: Sind Sie nicht so frech – Sie haben eben einen Ton nachgeblasen!

KARL VALENTIN: Ich hab do net nachblasn! – Ah – das war höchstens das Echo!

DER KAPELLMEISTER: Da gibts doch kein Echo!

KARL VALENTIN: Natürlich! Wenn man nach der Musik plötzlich aufhört, dann klingts doch drüben nach – das ist genau so, wenn man ein Lied singt und man hört plötzlich auf, – dann gibts ein Echo! – Passen S' auf! *Er singt.* Kommt ein Vogerl geflogen, setzt sich nieder auf mein Fuß. – *Pause – man hört hinter der Szene:* »*Fuß*«. Haben Sie's ghört? – Echo!

DER KAPELLMEISTER: Schmarrn! – Ja, wenn S' das Lied in einen Wald neisingen, dann gibts ein Echo! Aber hier nicht! Folgedessen haben Sie nachgeblasen und damit basta!!

KARL VALENTIN: Ja, da brauchen wir nicht lang streiten – hab ich nachblasen oder war das ein Echo??

DER KAPELLMEISTER: Das war kein Echo, Sie haben nachgeblasen!

KARL VALENTIN: Dann hör ich auf!

DER KAPELLMEISTER: Gut, dann hörn Sie auf!

KARL VALENTIN: Fragen Sie den Alfons, ob ich nachblasn hab!

DER KAPELLMEISTER: Alfons, sagen Sie, der hat doch nachgeblasen?!

ALFONS: Da laß ich mich überhaupt nicht ausfragen! – Denn wenn der aufhört, dann mag ich auch nimmer dableibn!

KARL VALENTIN: So – und wenn der aufhört, dann hörn die andern auch alle auf, und dann kannnst dir an Grammophon kaufen!

DER KAPELLMEISTER: Ja, da bin ich besser dran, da brauch ich mich wenigstens nicht ärgern.

KARL VALENTIN: Wennst es aber überdrehst und d'Feder abreißt, dann hast gar nix – und anzeigen tun wir Ihnen auch, weil S' uns immer in d' Invalidenkarte lauter braune Rabattmarken neipappn! Sie Schwindler!

DER KAPELLMEISTER: Also da hört sich doch alles auf! *Zu einem grauhaarigen Musiker.* Sie sind der Älteste. Sagen Sie, hat der nachgeblasen oder wars ein Echo?

DER GRAUHAARIGE MUSIKER: Das war ein Echo!

DER KAPELLMEISTER: Schaun S' daß nauskommen, Sie! *Zum Publikum.* Verzeihen die Herrschaften, es handelt sich hier um eine musikalische Streitfrage. Hat er nachgeblasen oder war es ein Echo?

PUBLIKUM: Das war ein Echo!

DER KAPELLMEISTER *resigniert*: Da bin ich halt überstimmt. – Also jetzt kommt die Sängerin dran. Die Dame müssen Sie mit Streichmusik begleiten, die Trompete ist zu laut.

Alle Musiker nehmen Streichinstrumente zur Hand. Karl Valentin nimmt die Trompete und die Violine in die Hand.

DER KAPELLMEISTER: Streichmusik hab ich gesagt. Schaun Sie sich doch an. *Valentin richtet sein Vorhemd, versucht, sich ein Loch von der Hose wegzuwischen.* Was wischen S' denn da rum? – Das ist doch ein Loch!

KARL VALENTIN: Mit Benzin gehts schon raus! *Dann nimmt er die*

Trompete und den Geigenbogen, endlich die Geige und den Bo-
gen, hält ihn aber verkehrt.

DER KAPELLMEISTER: Wieder verkehrt! Ich glaub, Sie sind heut
besoffen?

KARL VALENTIN: Jetzt noch nicht.

DER KAPELLMEISTER: Also fertig, die Sängerin will doch singen!

KARL VALENTIN: Wegen uns brauchts nicht singen.

DER KAPELLMEISTER: Wegen Ihnen singts auch nicht, sondern
wegen dem Publikum!

Man hört Glockenzeichen und einen Tusch. Der Vorhang der Hin-
terbühne bewegt sich ein wenig, geht aber nicht auf.

DER THEATERMEISTER *kommt auf die Bühne*: Herr Kapellmeister,
ich bring den Vorhang nicht auf, der ist kaputt!

DER KAPELLMEISTER: Warum richten Sie dann denn den Vorhang
nicht?

DER THEATERMEISTER: Ich kann ihn nicht richten.

DER KAPELLMEISTER: Auf der ganzen Welt wird sich doch einer
finden, der den Vorhang richten kann.

KARL VALENTIN: Ein Richter!

DER KAPELLMEISTER: Da muß man eben einen Tapezierer haben.
Gehen Sie einmal zum Tapezierer und holen Sie ihn.

DER THEATERMEISTER: Ich weiß nicht, wo der Tapezierer wohnt.

KARL VALENTIN: Das ist doch gleich, wo der wohnt.

DER KAPELLMEISTER: Das ist nicht gleich, wo der wohnt. Das muß
man doch wissen.

KARL VALENTIN: Der Tapezierer wirds doch selber wissen, wo er
wohnt. Den braucht er doch nur fragen.

DER KAPELLMEISTER: Wie kann er denn das, wenn er nicht weiß, wo
er ihn finden kann.

KARL VALENTIN: Den wird er schon einmal treffen auf der Straße.

DER KAPELLMEISTER: Unsinn! Wer weiß, wo der Tapezierer
wohnt?

KARL VALENTIN: Einen weiß ich schon, der wohnt Ecke Theresien-
wiese und Kaufinger Straße.

DER KAPELLMEISTER: Also, da gehen Sie hin! Sagen Sie eine Emp-
fehlung von mir, unser Vorhang hat sich verhängt, wenn er einmal
Zeit hat, soll er rüberkommen bei Gelegenheit.

Der Theatermeister geht ab. Auf eine entsprechende Geste des Ka-
pellmeisters ziehen zwei Musiker den Vorhang in der Mitte etwas
auseinander. In dem Ausschnitt wird die Sängerin sichtbar.

DER KAPELLMEISTER: Aha, die Sängerin ist auch schon da, die hab
ich noch gar nicht bemerkt.

DIE SÄNGERIN: Ein Lied: Das verlorene Glück.
KARL VALENTIN: Was hats verlorn?
DER KAPELLMEISTER: Ihr Glück hats verlorn.
KARL VALENTIN: Inserieren lassen!
DIE SÄNGERIN *singt*:

> So oft der Frühling durch das offne Fenster
> Am Sonntagmorgen uns hat angelacht,
> Da zogen wir durch Hain und grüne Felder.
> Sag, Liebchen, hat dein Herz daran gedacht?

Karl Valentin spielt ganz falsch auf der Geige dazu. Der Kapellmeister schimpft darüber. Darauf stimmt er die Geige. Der Kapellmeister schimpft wieder. Die Sängerin immer weitersingend:

> Wenn abends wir die Schritte heimwärts lenkten,
> Dein Händchen ruht in meinem Arm,
> So oft der Weiden Rauschen dich erschreckte,
> Da hielt ich dich so fest, so innig warm.

Der Theatermeister und ein Tapezierer kommen mit Leiter und Werkzeug durch den Zuschauerraum auf die Bühne gepoltert. Die Sängerin:

> Zu jener Zeit, wie liebt ich dich, mein Leben,
> Ich hätt geküßt die Spur von deinem Tritt,
> Hätt gerne alles für dich hingegeben
> Und dennoch du – du hast mich nie geliebt!

Inzwischen hat der Tapezierer mit der Reparatur begonnen. Der Theatermeister zeigt ihm alles, man hört das Gemurmel der beiden, ihr lautes Klopfen und Schlagen stört den Gesang. Die Sängerin singt unbekümmert weiter:

> Stets sorgenlos, mit wenigem zufrieden,
> Begabt mit leichtem Mut und frohem Sinn,
> So saßen wir am kalten Winterabend
> Und wärmten uns am traulichen Kamin –.
> Wir schwärmten nur von Liebeslust und Wonne,
> Dein Haupt, es ruhte sanft auf meinem Knie,
> Dein Auge über mir war meine Sonne,
> Des Feuers Knistern süße Harmonie.

Zu jener Zeit, wie lieb ich dich, mein Leben,
Ich hätt geküßt die Spur von deinem Tritt,
Hätt gerne alles für dich hingegeben,
Und dennoch du – du hast mich nie geliebt.

Währenddem ist Karl Valentin nicht zu halten. Was gibt es da? Was mag da sein? Ihn plagt die Neugier der kleinen Leute. Immer geigend, – denn das ist seine bezahlte Pflicht, – richtet er sich hoch, steigt auf den Stuhl, reckt zwei Hälse, den seinen und den seiner Geige, klettert wieder herunter, schreitet durch das Orchester nach oben auf die Bühne, steigt da dem Tapezierer auf seiner Leiter nach, geigt und schaut, schwitzt und guckt, was es da Interessantes gibt. Erbost steigt ihm der Kapellmeister hinterher und bedeutet ihm durch heftige Gebärden, daß er sofort auf seinen Platz zurückgehen soll. Valentin schert sich nicht drum, weicht ihm aus, gerät dabei der Sängerin mit dem Fiedelbogen in die Frisur, bleibt darin hängen und angelt ihr damit unwillkürlich – ganz und gar vom Zuschauen auf den Tapezierer in Anspruch genommen – den falschen Zopf vom Kopfe, ohne es zu bemerken. Dabei geigt er unentwegt mechanisch weiter. Indessen hat der Tapezierer seine Arbeit beendet, den Vorhang durch öfteres Auf- und Zuziehen ausprobiert und packt nun geräuschvoll sein klapperndes Handwerkszeug zusammen. Dann verläßt er die Bühne. Wieder pirscht sich der Kapellmeister an Valentin heran, um ihn von der Bühne herunterzudrängen, Valentin entwischt abermals, tritt dabei dem Souffleur auf die Hand und bleibt darauf stehen. Aus dem Souffleurkasten kommt ein jämmerliches Geschrei:

Au, – au, – au!

DER KAPELLMEISTER: Wer schreit denn da so? *Er bemerkt den Souffleur.* Sie, Sie stehen ja dem Souffleur auf der Hand, gehen S' doch runter! *Karl Valentin ist ganz erstaunt, hebt seinen Fuß auf und schaut den Souffleur an.* Gehen S' auf Ihren Platz hinunter! Das kann ich nicht verstehn, steigt er dem Souffleur auf die Hand. Ja, ham denn Sie das nicht gspürt?

KARL VALENTIN: Ja woher! – Er hats gspürt! *Der Souffleur schreit immer weiter.* Jammert er recht?

DER KAPELLMEISTER: Natürlich muß er jammern, wenn Sie ihm auf d' Finger hinaufsteigen! Meinen S', das tut so wohl? Lassen Sie sich einmal auf die Finger hinauftreten, dann werden Sie's schon sehen. Wenn S' an Anstand hätten, würden Sie sich entschuldigen.

KARL VALENTIN: Hab keinen. *Der Souffleur schreit immer noch.* So lange bin ich gar nicht droben gestanden, als der schreit!

DER KAPELLMEISTER *steigt wieder auf die Vorbühne hinunter*: Aber die Sängerin ist gut, meine Herrn.

KARL VALENTIN *steigt gleichfalls hinunter*: Die hat eine Genie.

DER KAPELLMEISTER: Man sagt nicht, die hat ein Genie, sondern die Dame ist ein Genie!

KARL VALENTIN: Nein, ich mein, die hat e in e Genie – eine schenie Stimme.

DER KAPELLMEISTER: Das ist doch etwas ganz anderes. Übrigens fällt mir gerade noch etwas ein. Gell, wenn Sie mich wieder einmal sehn auf der Straße, dann sind Sie auch so freundlich und grüßen Sie mich. Das gehört sich, das erfordert Ihr Anstand.

DER LETZTE MUSIKER: Warum, ham Sie ihn wo gsehn?

KARL VALENTIN: Gestern auf der Post, da hat er sich angstellt.

DER KAPELLMEISTER: Gell, Sie haben mich gsehn, warum haben Sie mich dann nicht gegrüßt?

KARL VALENTIN: Weil Sie so weit hinten gestanden sind – ich kann doch nicht so hinter grüßen! Da warn viel Leut dort, Menschen, Publikum, Passanten, Volk – alles durcheinander –. Sie – der Frau, die vor Ihnen gestanden ist, der hams das Handtascherl gstohlen.

DER KAPELLMEISTER: Ja, wie meinen Sie das? Ha? Sie bringen das ja fast so heraus, als ob i ch der Frau das Handtascherl gestohlen hätte!

KARL VALENTIN: Ja, gewiß weiß ichs nicht.

DER KAPELLMEISTER: Behaupten wollen Sie's auch noch! Das verbitte ich mir. Das kann schon sein, daß einer Frau eine Handtasche gestohlen worden ist, das war höchstens ein Taschendieb.

KARL VALENTIN: Freilich kein Kellerdieb.

DER KAPELLMEISTER: Die Frau hätte eben besser Obacht geben sollen auf ihr Täscherl, dann wärs ihr nicht gestohlen worden.

KARL VALENTIN: Da wars aber schon zu spät, weils da schon weg war.

DER KAPELLMEISTER: Ja, hernach hats freilich keinen Wert mehr, vorher hätte sie Obacht geben sollen.

KARL VALENTIN: Vorher hat sies doch nicht gewußt, daß 's ihr gestohlen wird.

DER KAPELLMEISTER: Wenn sie Obacht gegeben hätte, wärs ihr doch nicht gestohlen worden, wenn sie immer aufs Täscherl geschaut hätte.

KARL VALENTIN: Die Frau kann doch nicht immer auf ihr Täscherl Obacht geben.

DER KAPELLMEISTER: Ach – lassen S' mir meine Ruhe, was geht

denn mich die Frau an, wenn die Frau so dumm ist, daß sie nicht einmal auf ihr Täscherl Obacht geben kann, dann soll sie zu Haus bleiben und nicht hingehen aufs Postamt.

KARL VALENTIN: Dann kriegts keine Briefmarken.

DER KAPELLMEISTER: Ach was – ich mein doch so im allgemeinen, wenn man sich in einem Gedränge befindet, dann muß man eben auf seine Sachen Obacht geben, daß einem nichts wegkommt.

KARL VALENTIN: Ja, mir ists auch einmal so gangen beim Oktoberfest, da bin ich auch mitten im Gedränge gestanden, direkt bei der »Siebener-Bahn«. *Er macht mit der Hand eine Bewegung.*

DER KAPELLMEISTER: Was »Siebner-Bahn«? Die heißt doch Achterbahn.

KARL VALENTIN: Das weiß ich schon, da wars ja noch nicht ganz fertig. Ja, da wärs mir auch bald so gegangen. Da bin ich an der Kasse ins Gedränge hineingekommen, und da hättens mir beinah meine schöne goldene Uhr gestohlen. Die schöne Uhr mit dem Hupfdeckel.

DER KAPELLMEISTER: A – A – A – A –! Da werden Sie aber erschrocken sein?

KARL VALENTIN: Ja, das können Sie sich denken, – gut, daß ichs daheim lassen hab an dem Tag.

DER KAPELLMEISTER: Erzählen S' mir heut nichts mehr, ich will nichts wissen. Einen Tusch in C! *Man hört den Tusch, der Vorhang der Hinterbühne geht auf. Er steigt auf die Hinterbühne.* Hochgeschätztes Auditorium! Ich erlaube mir, Ihnen hier den weltberühmten Kunstradfahrer, Mister Hamptnquempftn vorzustellen! *Der Kunstradfahrer erscheint auf der Bühne.* Er ist geboren im Jahre neunzehnhundertsoundsoviel, absolvierte die Volksschule in Chicago und wandte sich, nachdem er zwei Jahre beim hiesigen Straßenbauamt als Teereingießer tätig war, dem Artistentum zu. Durch seine bereits absolvierten Gastspiele in Nordwestindien, Gleisental im Allgäu, Stuttgart, Kempten, Berlin, Ostern, Pfingsten und Meran etc. etc. wird es ihm ein Leichtes sein, sich auch die Gunst des hiesigen Publikums zu erringen. – Herr Mister Hamptnquempftn teilt seine Nummer in fünf Abteilungen ein, und zwar:

Erstens: Eine Kreisfahrt auf seinem Originaldreirad ohne Freilauf und Rücktrittbremse.

Zweitens: Eine Kreisfahrt auf demselben Rade mit Glockengeläute.

Drittens: Ausblasen einer brennenden Flamme während der Fahrt.

Viertens: Eine Kreisfahrt auf der Bühne mit verbundenen
     Augen.
Und zum Schluß: Die grauenerregende Todesfahrt durch Nacht
und Nebel! *Die Kapelle spielt einen Tusch.* In seiner ersten Abteilung: Eine Kreisfahrt auf seinem Originaldreirad ohne Freilauf
und Rücktrittbremse. *Die Musik spielt dazu den Donauwellen-
walzer.*

KARL VALENTIN: Der is gut, der is gut, der is nur gut – zu gut – der is
     glänzend, wenn d' Sunna draufscheint!

DER KAPELLMEISTER: In seiner zweiten Abteilung: Ausblasen einer
     brennenden Flamme während der Fahrt. *Er zündet eine Kerze
     an.*

*Der Kunstradfahrer fährt das erste Mal daran vorbei. Der Kapell-
meister hält die Kerze so hoch, daß er sie nicht auslöschen kann. Der
Kunstradfahrer fährt nochmals im Kreise herum. Der Kapellmeister
hält ihm die Kerze ganz nahe hin, der Radfahrer bläst sie aus. Das
Orchester intoniert einen Tusch.*

DER ZWEITE MUSIKER: Was wird denn der Kunstradfahrer Gage
     haben, wissen Sie das?

KARL VALENTIN: Der hat hundert Mark Gage!

DER ZWEITE MUSIKER: Im Tag?

KARL VALENTIN: A woher – im Jahr!

DER ZWEITE MUSIKER: Das ist aber auch nicht viel.

KARL VALENTIN: Einteilen muß er sichs halt –

DER KAPELLMEISTER: In seiner dritten Abteilung eine Kreisfahrt auf
     der Bühne mit Glockengeläute. *Er gibt dem Radfahrer eine
     Glocke in die Hand, dieser fährt und läutet dazu. Die Kapelle
     spielt einen Tusch.*

KARL VALENTIN: Wie alt wird denn der Kunstradfahrer sein?

DER DRITTE MUSIKER: Ich denke, zwanzig Jahr.

KARL VALENTIN: Samt dem Rad?

DER DRITTE MUSIKER: A woher, das ist viel älter wie er!

DER KAPELLMEISTER: In der vierten Abteilung eine Fahrt mit ver-
     bundenen Augen! *Er bindet dem Radfahrer mit einem ganz
     schmalen Tuch die Augen zu, so daß derselbe heraussieht.*

KARL VALENTIN: Der lurt!

DER KAPELLMEISTER: Der kann doch nicht sehen! *Zum Radfahrer.*
     Oder sehen Sie was?

DER RADFAHRER: Nein.

DER KAPELLMEISTER: Also, er sagts doch selbst, daß er nichts sieht.

*Der Radfahrer fährt, stößt an die Wand an und fällt mit dem Rad
absichtlich hin.*

KARL VALENTIN *und* ALLE MUSIKER *stellen sich auf die Stühle und schreien:* Jetzt ist er gestürzt! *Dabei spielen sie ruhig weiter.*

DER KAPELLMEISTER: Schreien Sie doch nicht so, kein Mensch hat gemerkt, daß er heruntergefallen ist.

KARL VALENTIN *auf dem Stuhl stehend und weiterspielend:* Ist am Rad was passiert?

DER KAPELLMEISTER: Am Rad, das wäre das Wenigste! Die Hauptsache ist, daß i h m nichts passiert ist. *Zum Radfahrer.* Oder haben Sie sich weh getan?

DER RADFAHRER: Nein, im Gegenteil!

KARL VALENTIN *auf dem Stuhl stehend und weiterspielend:* Wo? Im Hinterteil?

DER KAPELLMEISTER: Nein, im Gegenteil, hat er gesagt.

KARL VALENTIN: Am Gegenteil?

DER KAPELLMEISTER: Nein, am Hinterteil. Ach, ich werde selber noch ganz blöd. *Er bemerkt, daß die Musiker auf den Stühlen stehen.* Gehen S' doch herunter – da bleiben sie jetzt alle am Stuhl oben – heruntergehn solln S'!

Alle bleiben auf den Stühlen droben und spielen weiter.

KARL VALENTIN: Der muß ja stürzen! Er sieht ja nichts, weil Sie ihm die Augen verbunden haben!

DER KAPELLMEISTER: Das ist eben die Kunst!

KARL VALENTIN: Das Augenverbinden?

DER KAPELLMEISTER: Nein, mit verbundenen Augen zu fahren!

KARL VALENTIN: Dann sieht er aber nichts!

DER KAPELLMEISTER: Er soll doch auch nichts sehen!

KARL VALENTIN: Na, dann stürzt er wieder!

DER KAPELLMEISTER: Er soll aber nicht stürzen!

KARL VALENTIN: Er muß aber stürzen!

DER KAPELLMEISTER: Warum?

KARL VALENTIN: Ja, weil er d' Augen verbunden hat!

DER KAPELLMEISTER: Das ist eben die Kunst!!

KARL VALENTIN: Was? – 's Augenverbinden?

DER KAPELLMEISTER: Ach hören S' doch auf, da werden wir ja gar nimmer fertig.

KARL VALENTIN: Das ist überhaupt eine gefährliche Nummer – es ist eine Todesnummer, – weil der nie weiß, ob der nicht einmal erschlagen wird.

DER KAPELLMEISTER *zu den immer noch auf den Stühlen im Stehen spielenden Musikern:* Jetzt gehn S' aber endlich runter!

Die Musiker steigen von den Stühlen und beenden ihr Spiel.

KARL VALENTIN *im Hinuntersteigen*: Ja, wenn er aber wieder stürzt?!

DER KAPELLMEISTER: Dann können S' immer wieder naufsteigen! *Zum Publikum.* In seiner fünften Abteilung zum Schluß die grauenerregende Todesfahrt durch Nacht und Nebel!

Er holt einen großen Reifen, in dessen Rahmen weißes Papier geklebt ist mit der Aufschrift: »Durch Nacht und Nebel«. Ein Trommelwirbel setzt ein, der Radfahrer fährt beim Höhepunkt desselben mit Gewalt durch das Papier, die Musiker spielen einen Tusch und wiederholen ihn immer wieder. Der Theatermeister bringt einen alten, verwelkten Lorbeerkranz und hängt ihn dem Radfahrer um den Hals. Der Radfahrer verbeugt sich und geht ab. Der Vorhang der Hinterbühne fällt. Die Musiker wiederholen ihren Tusch unentwegt weiter.

DER KAPELLMEISTER: Ja wie oft denn noch?!

KARL VALENTIN: Der hats aber auch verdient!

DER KAPELLMEISTER: Ja, der Kunstradfahrer ist gut. Da versprech ich mir sehr viel von dem, für dem seine Zukunft ist gesorgt!

KARL VALENTIN: Der wird erst noch gut, wenn er noch zwanzig bis dreißig Jahre fährt. Das kann man nicht lernen, das ist angeboren, das liegt bei diesen Artisten schon so im Blut, im Artistenblut, in der Familie, im Familienblut, im Artistenfamilienblut. Im artistischen Familienblut.

DER KAPELLMEISTER: Na ja, das ist eben das Künstlertum, das steckt in diesen Leuten so drin.

KARL VALENTIN: Dem sein Vater war sicher auch so etwas Ähnliches.

DER KAPELLMEISTER: Das kann schon sein, auch ein Rennfahrer oder ein großer Artist.

KARL VALENTIN: Oder ein Roter Radler.

DER KAPELLMEISTER: So leicht ist das nicht, wie das aussieht – diese artistischen Darbietungen sind immer mit Gefahr verbunden. – Sie haben schon gesehen, wie er beinah unterm Fallen gestürzt wäre. Ich behaupte, daß das eine direkte Todesnummer ist.

KARL VALENTIN: Ja, das stimmt auch, weil der nie weiß, ob er nicht vom Publikum einmal erschlagen wird.

DER KAPELLMEISTER: Jetzt sprechen wir von was anderem. Jetzt machen wir das neue Stück, das ich gestern instrumentiert habe. Schlagen Sie gleich die Noten auf!

KARL VALENTIN: Was für Noten? Hoffmannstropfen – Hoffmannserzählungen, das haben wir ja noch nie probiert, das können wir ohne Probe nicht spielen!

DER KAPELLMEISTER: Das muß gehen ohne Probe! Die Herren sind lauter Berufsmusiker – das wird einfach vom Blatt gespielt!

KARL VALENTIN: Wenn aber ein Fehler in den Notn is?

DER KAPELLMEISTER: Da ist kein Fehler drin – kümmern Sie sich nicht – die Noten habe ich selbst geschrieben!

KARL VALENTIN: Ja, – deshalb mein ich ja!

DER KAPELLMEISTER: Sie! – erlauben S' Ihnen nicht so viel!

KARL VALENTIN: Ja – uns is's ja gleich, – wir spieln halt des, was dasteht!

DER KAPELLMEISTER: Jawohl, Sie brauchen nicht weniger spielen und nicht mehr!

KARL VALENTIN: Ja – mehr auf keinen Fall!

DER KAPELLMEISTER *klopft ab. Die Musiker spielen nun immer die gleichen vier Takte bis zum Wiederholungszeichen, so lange, bis der Kapellmeister wütend abklopft und schreit:* Ja – was is denn das für eine Schlamperei, warum wird denn da nicht weitergespielt?

ALLE MUSIKER: Geht nicht, is ja ein Wiederholungzeichen beim vierten Takt!

KARL VALENTIN: Des geht tausend Jahr im Kreis rum!

DER KAPELLMEISTER *reißt Valentin das Blatt aus der Hand*: Wo ist da ein Wiederholungszeichen?

KARL VALENTIN: Da! *Deutet mit dem Fiedelbogen auf die Noten.*

DER KAPELLMEISTER: Gehn S' doch mit Ihrem dummen Fiedelbogen weg, – ich such mirs schon selber! Wo ist das?

KARL VALENTIN: Da! *Er deutet wieder mit dem Bogen.*

DER KAPELLMEISTER: Sie sollen nicht immer daher deuten! *Er schlägt nun mit seinem Taktstock Valentin auf den Fiedelbogen. Karl Valentin schlägt zurück auf den Taktstock, allmählich in Fechterstellung übergehend. Der Kapellmeister geht nach einem kräftigen Stoß weit zurück, kommt wieder vor und schreit wütend zu Karl Valentin.* Noch einmal! *Karl Valentin stößt noch einmal nach dem Bauch des Kapellmeisters, wie ihm befohlen. Dann grüßt er vorschriftsmäßig mit dem »Degen« (Fiedelbogen), winkelt den linken Arm etwas an, als ob er eine Säbelscheide damit hielte, und steckt den Fiedelbogen elegant in einen von Daumen und Zeigefinger der linken Hand gebildeten Ring.*

DER KAPELLMEISTER: Da hört sich doch alles auf, schämen Sie sich.

KARL VALENTIN: Ich hab ja gsagt, wir spieln das, was dasteht.

DER KAPELLMEISTER: Eine solche Blamage vor dem Publikum, was glauben denn Sie, was sich da das Publikum denkt.

KARL VALENTIN: Das ist mir wurst.

DER KAPELLMEISTER: Das ist ja das Traurige, daß Sie keinen Funken Ehrgeiz besitzen.

KARL VALENTIN: Die andern auch nicht.

DER KAPELLMEISTER: Zu euch sagt auch kein Mensch was, an mir geht es hinaus.

KARL VALENTIN: Gemerkt hats ja niemand.

DER KAPELLMEISTER: Glaubn S', die Leut sitzen auf den Ohren?

KARL VALENTIN: Im Gegenteil!

DER KAPELLMEISTER: Also los, die ›Türkische Scharwache‹. *Die Auftrittsmusik setzt ein, nach wenigen Takten geht der Vorhang der Hinterbühne auf.*

DER ZAUBERER *geht langsam über die Bühne – die Musik hört auf – und spricht*: Guten Abend, meine liebe Publikum! Guten Abend! – Gestatten, daß ich mich vorstelle als eine orientalische Zauberer, indem ich Ihnen werde vormacken versiedene Sauerei – ah – Saubereien! Wie Sie wissen, meine lieben Publikum, sein Sauberei keine Hexerei, sondern nur eine Geschwindigkeit meiner Hände. Sauen Sie mir auf meine Hände, so werd' ick Sie betrügen mit meiner Mund –! – Sauen Sie auf meiner Mund, werd' ick Sie betrügen mit meiner Hände! – Ick beginne sofort mit meine Sauerei und zeige Ihnen als ersten Dreck – … Trick – eine serr gute Kartenkunststück. Habe hier eine ganzer Kartenspiel – wollen Herrsaften ansehen, daß es eine gewöhnliche Kartenspiel ist. Bitte! – *Er läßt es im Publikum sehen.* Wollen nun eine Herr oder Dame sein so gut und eine Karte ziehen. *Er läßt eine ziehen.* So – wollen Sie diese Karte genau ansehen und sich merken! – Sein Sie so gut und seigen Sie der Karte der Publikum. Bitte, stecken Sie dieser Karte wieder zurück in meine ganzes Kartenspiel! – Danke! – Ick werde nun Kartenspiel mischen! *Er tut es.* Sie glauben nun, Ihre Karte sein in der Kartenspiel – o nein – Ihre Karte sein längst verschwunden in meine inneres Rocktaschel. Bitte! – *Er zieht aus dem Rock eine Karte heraus, welche vorher schon in der Tasche gesteckt, und zeigt sie dem Publikum mit der Bildseite nach rückwärts. Selbstverständlich ist es eine andere Karte.* Ick danke vielmals!

KARL VALENTIN: Sie – der hat mich gfragt, ob Sie der türkische Honigmann sind von der Dult??

DER ZAUBERER: Honigmann?!? – Bin ick nicht!! – Der ist meine Schwester!! *Zum Publikum.* Als zweiten Dreck – Trick – einer großartigen Sauberei! – Haben hier einer roten Rose. Werde dieser roten Rose in einer andern Rose versaubern – in anderes Farbe, in weißer Rose, in rosa Rose, grüner Rose, in allen Farben!

– Nun meiner liebes Publikum, welcher Farbe soll ick Rose macken?

KARL VALENTIN: Braune Rose!

DER ZAUBERER: Brauner Rose gibt es nicht!

KARL VALENTIN: Wenn aber a weiße Rosn in an Haufn – braune – Ölfarb neifallt? –!

DER ZAUBERER: Was für Farbe soll ick macken? *Verschiedene Zurufe, zum Schluß »rosa Rose«.* Gut, werde ick macken rosa Rose! Nehme nun Rose in linker Hand und mit rechter Hand nehme ick mit beider Fringerspritzel – Springerfitzel – Spritzelfinger ––– Fingerspitzel diese Taschentuch, welche vollständig leer, lege es über rote Rose – macke eins – zwei – drei – *er nimmt das Taschentuch mit roter Hülse weg* – und aus roter Rose ist rosa Rose geworden! – – Ich danke!! *Er verbeugt sich und läßt die rote Hülse unter dem Taschentuch fallen.*

KARL VALENTIN: Sie – da haben Sie was verloren!!

DER ZAUBERER: Sind Sie ruhig – braucht niemand wissen!!

KARL VALENTIN: Können S' des mit einer Gesichtsrose a machen??

DER ZAUBERER: Nun, meine liebe Publikum, werd ick Ihnen größte Sauerei – Sauberei – zeigen, die jemals von Sauberkünstler gezeigt wurde! Habe hier eine Sylinderhut – eine gewöhnliche Sylinderhut – – ohne doppelte Boden – nix drinn – vollständig leer! Ick werde diese Sylinderhut hier auf meine Saubertisch stellen und werde alle möglichen Sachen heraussaubern!! – Ick nehme meine Sauberstab, macke eins – zwei – drei *er greift in den Hut, welcher im Boden ein großes Loch hat, und läßt sich von dem unterm Tisch sitzenden Jungen einen Blumenstock heraufreichen* – ah, eine Blumenstock aus meine Hut, welcher vollständig leer! – Ick macke ein – zwei – drei – – ah!! Kann auch größere Sachen heraussaubern!! – Was soll ick heraussaubern??

KARL VALENTIN: Einen Kleiderkasten!

DER ZAUBERER: Kleiderkasten ist etwas zu groß!

KARL VALENTIN: A Halbe Bier!

DER ZAUBERER: Bier – oh, Bier kann ick heraussaubern!! Hab so großes Durst! – Ick macke eins – zwei – drei – *er greift wieder in den Hut* – ein Glas Bier! Prosit, meine liebe Publikum! – Prost! *Unterdessen langt der unter dem Tisch Befindliche wieder etwas durch den Hut, so, daß dies oben herausschaut.* –

KARL VALENTIN *macht den Zauberer durch Gesten darauf aufmerksam:* Sie – da schaugn S' hin, da kommt no was raus!!

DER ZAUBERER *stürzt ganz entsetzt zum Tisch hin, schimpft durch den Hut hinunter:* Hundsbua – miserablicher! Hab i dir ogschafft, du sollst no was rauslanga?? *Der Junge schaut aus dem Tisch und kriecht heraus – beide laufen herum – der Zauberer schimpft, der Junge streckt die Zunge heraus und geht dann ab.* Wart nur, Krüppel, mistiger ––!

KARL VALENTIN: Krüppel, mistiger?? – Des war aber net türkisch!!

Der Vorhang der Hinterbühne schließt sich.

DER KAPELLMEISTER *klopft ab*: Los, die Soubrette kommt dran. Schlagen Sie die Noten auf.

Karl Valentin nimmt eine Posaune zur Hand. Der Kapellmeister hebt den Taktstock, der Marsch beginnt, man hört jedoch nur den ersten Ton.

KARL VALENTIN *schreit*: Halt, 's Wasser muß ich erst noch rauslassen!

DER KAPELLMEISTER: D d d d d d d d d d d d – *Karl Valentin leert das Wasser aus der Posaune, in die vorher ein halbes Glas hineingekommen ist.* Nun, wirds bald?

KARL VALENTIN: Na ja, das ist net so einfach. Da muß ich zu gleicher Zeit mit die zwei Rohre in die zwei Löcher da hineinfahren. *Er versucht es.* Das nützt mich gar nichts, wenn ich in einem drin bin, da wär ich lieber gar nicht drin.

DER KAPELLMEISTER: Man kann gar nimmer zuschaun.

KARL VALENTIN: Dann schauen S' weg. Das ist halt des Dumme, bei die Blechinstrumente, daß ma da immer 's Wasser rauslassen muß. Bei die Geiger is das was anderes. Sie wern nie sehn, daß ein Geiger eine Geige auseinanderzieht, weil eine Geige nicht naß wird. Außerdem es geigt einer im Freien draußen, und wer geigt schon im Freien drauß, dafür hat man ja die Blechinstrumente. Sie werdn nie sehn, wenn ein Umzug auf der Straße daherkommt, daß die Streichmusik machen, denn da müßten d' Leit ja alle drei Meter weit auseinandergehen, weil sonst einer den andern mit dem Geigenbogn an Hut runterstoßn tät. Und mit der Baßgeign wär das ja eine furchtbare Sache. Wenn der Baßgeiger auf der Straße unterm Marschieren baßgeigen müßte, weil man eine Baßgeign nur im Stehn spiln kann, aber mit der Baßgeign kann er net im Gehn geign. Außerdem er macht unter de Baßgeign a Rolln unten hin, dann kann er schon fahrn, aber da kann er mit der Baßgeign an eim Kanaldeckel hängenbleibn und kann nimmer weiter und dann kann der ganze Umzug nimmer weiter, weil alle hinter ihm stehn bleiben müssen.

DER KAPELLMEISTER: Das ist ja furchtbar, wem erzählen Sie denn den Mist? Das interessiert doch die Leute gar nicht.

KARL VALENTIN: Grad das interessiert die Leute, weil die Leute

immer noch nicht den Unterschied zwischen Blech- und Streichmusik wissen. Die sollen einmal aufgeklärt werden, die lechzen
direkt nach Aufklärung. *Nach einer Pause* – Und war so schön
drin –

DER KAPELLMEISTER: Jetzt werd ich Ihnen aber gleich helfen.

KARL VALENTIN: Ach, zu zweit geht des gar net. *Er versucht, wieder
hineinzukommen und sagt plötzlich.* Da gehts hier genauso wie
beim Winterfenster-Einhängen. Wenn man oben drin ist, rutscht
ma unten wieder raus.

DER KAPELLMEISTER: Jetzt fangen wir ohne Sie an.

Das Vorspiel beginnt, der Vorhang der Hinterbühne öffnet sich.

DIE SOUBRETTE *tritt auf und singt*:

> Potz Blitz und Element, so tönt es rings im Saal,
> Und lauter Jubel schallt durchs Haus,
> Ein jeder ruft, die ist doch wirklich kolossal,
> Ja, diese Kleine, die hats raus.
> In meinen Adern rollt ganz heiß Theaterblut
> Und schnell und schneller schlägt das Herz.
> Ich hab ja immer frohen, frischen, freien Mut
> Und schwärme für Gesang und Scherz.
> Ein jeder ruft hipp, hipp, hurra,
> Die fesche Mizzi, sie ist da!
> Und Jubel schallt durchs ganze Haus,
> Ein jeder spendet mir Applaus,
> Ein jeder ruft hipp, hipp, hurra,
> Die fesche Mizzi, sie ist da,
> Und Jubel schallt durchs ganze Haus,
> Ein jeder spendet mir Applaus.

DIE SOUBRETTE *marschiert während des Refrains über die Bühne.
Das Orchester intoniert das Zwischenspiel – sie beginnt wieder zu
singen*: Ich liebe ... *Sie singt nur diese zwei Worte als Anfang der
zweiten Strophe und bleibt stecken.*

DER KAPELLMEISTER: Singen S' doch weiter –

DIE SOUBRETTE: Ich kann nicht weiter.

DER KAPELLMEISTER *klopft ab. Die Musik hört auf, bis auf Karl
Valentin, der allein mit der Posaune die ganze Strophe zu Ende
bläst und dann ganz verwundert auf den Kapellmeister schaut*:
Haben Sie denn gar nicht bemerkt, daß wir schon längst aufgehört
haben?

KARL VALENTIN: Ich habe ja noch ein ganzes Stück zu blasen.

DER KAPELLMEISTER: Da sieht man wieder, wie gedankenlos Sie dahinblasen, vollkommen zerstreut.

KARL VALENTIN: Warum, was ist denn los?

DER KAPELLMEISTER: Was wird denn sein? Die Soubrette ist stekken geblieben, sie weiß keinen Text mehr. Ja, Fräulein, wie ham mas denn da, warum lernen Sie denn Ihren Text nicht?

DIE SOUBRETTE: Ich hab ihn ja gelernt.

DER KAPELLMEISTER: Das kann schon sein, dann haben Sie ihn halt wieder vergessen.

DIE SOUBRETTE: Das kann jedem einmal passieren.

DER KAPELLMEISTER: Halten S' Ihr Maul, wenns mit mir sprechen, da schau her, nichts können und frech sein, das ist die Hauptsache heutzutage.

KARL VALENTIN: Die ist mies beinander, die Schuah von der schauen S' an.

DIE SOUBRETTE: Bitte, das sind meine Bühnenschuhe.

KARL VALENTIN: Da möchte ich erst Ihre Hausschuhe sehn.

DER KAPELLMEISTER: Ja, Fräulein, und wie sieht denn Ihr Kostüm aus, da hängen Ihnen hint und vorne die Fetzen runter, so geht man doch nicht auf die Bühne.

DIE SOUBRETTE: Wenn Ihnen mein Kostüm nicht gefällt, können Sie mir ruhig ein neues kaufen.

DER KAPELLMEISTER: Ich werde mich beherrschen können, da können Sie sich schon einen Dümmeren suchen wie ich bin.

KARL VALENTIN: Noch dümmer? --- Die kommt mir überhaupt sehr bekannt vor.

DIE SOUBRETTE: Sie werden mich kaum kennen.

KARL VALENTIN: Freilich ists die – der haben wir doch erst vorige Woche Bananen abgekauft.

DIE SOUBRETTE: A so eine Gemeinheit, ich kenne Sie doch gar nicht. *Sie besinnt sich.* Ja, jetzt fällts mir ein, natürlich kennen wir uns vom Ding – wie heißts denn gleich –, von Stadelheim, da haben wir uns doch öfters im Garten gesehen.

DER KAPELLMEISTER: Ist das wirklich wahr, waren Sie schon in Stadelheim?

KARL VALENTIN: Ich war Wärter dort, aber sie war eingenäht.

DIE SOUBRETTE: Herr Kapellmeister, ich lasse mich nicht von Ihren Musikanten beleidigen.

DER KAPELLMEISTER: Das sind keine Musikanten, meine Herren, das sind Tonkünstler.

DIE SOUBRETTE: Und ich bin eine erstklassige Soubrette.

KARL VALENTIN: Ja, das sieht man.

DIE SOUBRETTE: Herr Kapellmeister, ich bin jetzt so aufgeregt, mir fällt die zweite Strophe nicht mehr ein, wissen Sie vielleicht den Anfang davon?

DER KAPELLMEISTER: Ich hab gar kein Interesse an Ihrem Text.

KARL VALENTIN: An Text könnten wir nie mitspielen.

DIE SOUBRETTE: Kann ich vielleicht etwas anderes singen?

DER KAPELLMEISTER: Können S' noch was anderes?

DIE SOUBRETTE: Natürlich, vielleicht gleich das nächste, Nummer zwei in meinem Buch.

DER KAPELLMEISTER: Sie haben ja nur zwei Sachen – und das ist doch kein Buch – das sind ja Fetzen. Also, meine Herren, Nummer zwei – – – Aber wenn Sie mir da wieder steckenbleiben, dann schmeiße ich Sie hinaus.

Das Vorspiel beginnt, DIE SOUBRETTE *singt:*

Ich kenne einen schönen Mann,
Den ich nicht mehr vergessen kann;
Doch hat er, Herrjemine,
Von mir noch gar keine Idee.
Und darum will ichs nicht verhehln
Und Ihnen alles klar erzähln:
Er ist dahier in unsrer Mitt –
Für den mein Herz erglüht.
Ach du lieber – süßer – guter – braver Mann,
Hast mir solche Liebesschmerzen angetan.
Schenk mir Liebe – Treue – und noch einen Kuß,
Weil ich sonst vor lauter Sehnsucht sterben muß.

Sie umarmt dabei den Kapellmeister.

DIE FRAU KAPELLMEISTER *kommt in den Saal und schreit auf die Bühne:* So, hab ich dich jetzt endlich einmal erwischt, du scheinheiliger Tropf! Daheim tut er immer, als wenn er nicht bis Fünfe zählen könnt, und hier poussiert er mit der Soubrettn umeinander.

DER KAPELLMEISTER: Ruhe im Zuschauerraum! Was ist das für ein Lärm?

KARL VALENTIN: Ihre Frau ist da – Grüß Gott, Frau Kapellmeister.

DER KAPELLMEISTER: Was, meine Frau – ja tatsächlich – Grüß dich Gott!

DIE SOUBRETTE: Ja, Herr Kapellmeister, haben Sie denn eine Frau?

DER KAPELLMEISTER: Nein, meine Zimmerfrau –

DIE FRAU KAPELLMEISTER: Dir geb ich dann gleich eine Zimmerfrau.

DIE SOUBRETTE: Das hab ich ja gar nicht gewußt, daß Sie verheiratet sind; gestern, wie Sie mich nach Grünwald hinaufgeführt haben, da haben Sie zu mir gesagt, Sie sind noch ledig.

DIE FRAU KAPELLMEISTER: So, in Grünwald warst du gestern, zu mir hast du gesagt, du hast Probe.

DER KAPELLMEISTER: Ja, da haben wir Probe gehabt, der Wirt hat in seinem Nebenzimmer ein Klavier drin stehn, und da hab ich dem Fräulein etwas einstudiert, nicht wahr, Fräulein?

DIE SOUBRETTE: Natürlich haben wir Probe gehabt – Gott sei Dank!!

DIE FRAU KAPELLMEISTER: Sind Sie ruhig, Sie freches Frauenzimmer, schämen Sie sich, mit an alten verheirateten Mann poussieren, finden Sie denn keinen andern mehr, Sie Flitscherl, Sie?

DIE SOUBRETTE: Sie, ich lasse mich nicht von Ihnen beleidigen, ich werde mich bei der Direktion beschweren, Sie alte Schachtel, Sie.

DIE FRAU KAPELLMEISTER: Ja, was glauben denn Sie eigentlich, schaun Sie sich doch an, wie Sie ausschaun, Sie angemalnes Theaterflitscherl, Sie, gute Lust hab ich und geh nauf und hol Sie runter – und du – du alter Hanswurst – du kommst jetzt sofort heraus, ich hab dir etwas zu sagen. Das kann ich dir vor den Leuten hier nicht sagen – aber sofort.

KARL VALENTIN: Aber sind Sie doch vernünftig, Frau Rohrnudel, oder wie heißts?

DIE FRAU KAPELLMEISTER: Mit Ihnen spreche ich nicht, Sie ausgehungerter Musikant.

KARL VALENTIN: Sie, das wenn ich gehört hätte!

DIE FRAU KAPELLMEISTER: Mischen Sie sich nicht da rein, ich spreche mit meinem Mann. Und du machst jetzt sofort, daß du herauskommst.

DER KAPELLMEISTER: Ja-ja-ich komme schon. Lauft die da herein, das verstehe ich nicht – aber Sie sind schuld – hätten S' einen andern angesungen und mir meine Ruhe gelassen.

DIE FRAU KAPELLMEISTER: Wirds jetzt bald!! *Sie schreit immer zur Ausgangstür herein.*

DER KAPELLMEISTER: Ja, ich komme schon – was meinen denn Sie, meine Herrn, soll ich rausgehn?

KARL VALENTIN: Ratsam ists nicht.

DIE FRAU KAPELLMEISTER: Jetzt wart ich aber nicht mehr lange.

DER KAPELLMEISTER: Ja, ich komme schon – jetzt geh ich aber naus –, was ich sagen will: Vielleicht sind die Herrn so liebenswürdig und kommen a kleins bisserl mit raus – gehn S' mit?

KARL VALENTIN: Wir haben kein Interesse dran.

DIE FRAU KAPELLMEISTER: Jetzt wirds mir aber zu dumm – meinst, ich warte noch lange, jetzt hol ich dich – du kommst mir grad recht.

DER KAPELLMEISTER: Ich komm doch schon, bleib nur grad draußen, da bin ich ja. Jetzt geh ich aber naus – die glaubt vielleicht, ich fürcht mich vor ihr – der werd ich einmal meine Meinung sagen. Also, was ist los, was willst denn von mir, jetzt bin ich da. *Er geht hinaus – man hört von draußen Radau, Streiten und Ohrfeigen.*

KARL VALENTIN: Also, bei uns gehts zua –

DER KAPELLMEISTER *kommt weinend herein, die Wange mit dem Taschentuch haltend, und sagt triumphierend zu den Musikern:* Der hab ich aber jetzt ein paar hineingehaut.

KARL VALENTIN: Dann halten S' aber das verkehrte Gesicht.

DER KAPELLMEISTER: Lassen S' mir mei Ruh – singen S' zu!

Die Musik setzt ein.

DIE SOUBRETTE *singt:*

Ach du lieber – süßer – guter – braver Mann,
Hast mir solche Liebesschmerzen angetan.
Schenk mir Liebe – Treue – und noch einen Kuß,
Weil ich sonst vor lauter Sehnsucht sterben muß.

Sie geht ab – der Vorhang der Hinterbühne schließt sich.

DER KAPELLMEISTER *fühlt sein Zähne, sie wackeln. Wütend:* Mit der Musik bin ich gar nicht mehr zufrieden, meine Herren, von euch spielt jeder dahin wie er grad will.

KARL VALENTIN: Auweh, jetzt müssens wir büßen –

DER KAPELLMEISTER: Keiner paßt auf, keiner richtet sich nach mir, für was bin denn ich überhaupt da?

KARL VALENTIN: Das haben wir uns auch schon oft gedacht.

DER KAPELLMEISTER: Wenn auch ein Marsch nicht mehr recht modern ist, das macht gar nichts, man kann in die ältesten Noten etwas hineinmachen – etwas hineinlegen. Man muß halt einen gewissen Ding hineinbringen, wie heißt er denn gleich – der Rhythmus gehört hinein, das ist die Hauptsache, der fehlt euch.

KARL VALENTIN: Den kennen wir nicht, der war noch nie bei uns.

DER KAPELLMEISTER: Ich spreche doch vom Rhythmus.

KARL VALENTIN: Kennst du an Rhythmus, Anderl? – Nein, der kennt ihn auch nicht. Seinen Bruder kenn ich schon.

DER KAPELLMEISTER: So ists recht, der kennt an Rhythmus sein

Bruder. – Wie sieht denn der aus, den möchte ich auch kennenlernen.

KARL VALENTIN: So ein kleiner Dicker mit einem Spitzbart.

DER KAPELLMEISTER: Der Rhythmus??

KARL VALENTIN: Nein, Reisberger heißt er – jetzt fällts mir ein.

DER KAPELLMEISTER: Da haben Sie sich wieder einmal richtig blamiert, nicht einmal die einfachsten musikalischen Ausdrücke wissen Sie. Woher kommt das? Weil Sie nicht auf der Musikschule waren, Sie sind ja bloß in die Suppenschule gegangen.

KARL VALENTIN: Da hab ich auch blasen müssen. ––– Sie, 's Krawattl ist Ihnen heruntergerutscht –

DER KAPELLMEISTER: Wo ist ein Krawattl heruntergerutscht?

KARL VALENTIN: Ihnen.

DER KAPELLMEISTER: Wo innen?

KARL VALENTIN: Ihnnnen – außen – da.

DER KAPELLMEISTER: Ach so, außen – da sagt er innen, der Depp – ich weiß schon, das ist mir heut schon ein paarmal heruntergerutscht, weil mir das Kragenknöpferl abgebrochen ist, die ganze Mechanik ist kaputt, deshalb stehts immer auf.

KARL VALENTIN: In der Früah?

DER KAPELLMEISTER: Ach was – ich bräuchte bloß ein anderes Kragenknöpferl, dann wär gleich a Ruh – hat niemand von den Herrn ein Kragenknöpferl da, bitte schaun S' amal nach!

Alle Musiker schauen nach.

KARL VALENTIN: Der Sedlmeier, der hat immer eins dabei.

DER KAPELLMEISTER: Sedlmeier, bitte schön – wo ist denn der?

KARL VALENTIN: Der ist heut nicht da!

DER KAPELLMEISTER: Dann nützt es mich doch nichts.

KARL VALENTIN: Aber der tät eins haben.

DER KAPELLMEISTER: Das hat doch für mich keinen Wert, wenn er nicht da ist.

KARL VALENTIN: Ja, ich hätte schon eins, wenn Ihnen das genügt?

DER KAPELLMEISTER: Sie haben eins? Dann leihen Sie mirs bitte, Sie kriegens hernach.

KARL VALENTIN: Ach, wegen dem Kriegen – aber, wenn ich das raus tu, dann rutscht halt mir der Kragen raus.

DER KAPELLMEISTER: Das verlangt doch kein Mensch von Ihnen, ich hab gemeint, ob nicht einer ein Reserveknöpferl hat.

KARL VALENTIN: Ja, woher denn –

DER KAPELLMEISTER: Na ja, es wird so auch gehen, jetzt hält es schon.

KARL VALENTIN: Ist schon wieder herausgegangen.

DER KAPELLMEISTER: Ich weiß es schon, hören S' nur einmal auf, ich kann mich doch nicht aufhängen deshalb.

KARL VALENTIN: Warum nicht?

DER KAPELLMEISTER: Hier sind Ihre Noten. *Er legt ihm die Noten waagerecht auf das Pult.*

KARL VALENTIN: Also, jetzt blasen wir genauso, wie er dirigiert, das gibt a Gaudi. *Er legt sich quer über den Stuhl.*

DER KAPELLMEISTER *klopft ab – der Marsch ›Wien bleibt Wien‹ wird gespielt. Er unterbricht:* Was ist denn das für eine Stellage da – wollen Sie sich gleich anständig hinsetzen wie die anderen Herrn!

KARL VALENTIN: Ja, Sie haben meine Noten so hergelegt.

DER KAPELLMEISTER *beginnt noch einmal den Marsch – Karl Valentin pfeift –:* Wie können Sie dann da unterbrechen – was fällt Ihnen ein?

KARL VALENTIN: Pst – pst –

DER KAPELLMEISTER: Was ist denn los?

KARL VALENTIN: Sind S' doch einen Moment still – *er horcht* – Naa, hab mich getäuscht.

DER KAPELLMEISTER: Schrecklich ist das! *Er fängt wieder mit dem Marsch an. Karl Valentin pfeift und winkt wieder ab.* Was ist denn los?

KARL VALENTIN: Gell, daß ich mich nicht getäuscht hab – der Hosenträger ist mir abgerissen.

DER KAPELLMEISTER: Wegen seim alten Hosenträger unterbricht er schon zweimal das Konzert – da hört sich doch alles auf.

Die Musik setzt wieder ein – zuerst trommelt einer nach.

KARL VALENTIN: So was Leichtsinniges hab ich nocht net gsehn.

DER KAPELLMEISTER: Das geht Sie gar nichts an –, passen nur Sie auf, daß Sie nicht hineinpatzen, das kann Ihnen auch passieren.

KARL VALENTIN: Ihnen auch – aber bei Ihnen hört man nichts. – So was Narrisches hab ich noch nie gsehn.

Die Musik spielt weiter. Bei der nächsten Pause murmelt Valentin in die Trompete unverständliche Worte hinein.

DER KAPELLMEISTER: Was wollen Sie – ich verstehe Sie nicht – *Valentin murmelt.* – Ich verstehe kein Wort – *Valentin murmelt –* Tun S' doch das Ding da weg –

KARL VALENTIN: Krawattl ist Ihnen wieder heruntergerutscht.

DER KAPELLMEISTER: Das ist doch gleich. *Er dirigiert weiter.*

KARL VALENTIN *schreit:* A u u u u u u!!

DER KAPELLMEISTER: Was ist denn schon wieder?

KARL VALENTIN: Angestoßen hab ich mich ans Mundstück, weil S' immer so reißen.

DER KAPELLMEISTER: Dann geben S' Obacht. *Er dirigiert weiter bis zum Schluß – Der Vorhang der Hinterbühne öffnet sich.*

DER KAPELLMEISTER *steigt auf die Bühne*: Sehr verehrte Damen und Herren! Sie alle haben noch den berühmten Hungerkünstler Succi in Erinnerung. Dieser Mann, der nebenbei ein großes Vermögen besaß, also nicht hungern bräuchte, führte seine Hungerproduktion eigentlich mehr aus, um der Wissenschaft zu dienen, indem er sich in fast allen Großstädten des In- und Auslandes in irgendeinem Varieté in ein Glashaus vierzig Tage lang ohne jede Nahrung einsperren ließ. Der Hungerkünstler Succi hat aber jetzt eine gewaltige Konkurrenz bekommen in dem neuen Hungerkünstler Baptist Pliventrans. Dieser ist imstande, den Hungerrekord des Herrn Succi weit in den Schatten zu stellen, indem er nicht nur vierzig, sondern eine Hungertour bis einundvierzig Tage ausführen will. Ich werde Herrn Pliventrans einige Fragen stellen, die Sie sicher interessieren werden. – Sagen Sie, Herr Pliventrans: wie sind Sie auf die Idee gekommen, sich so einen eigenartigen Beruf zu wählen?

PLIVENTRANS: Ich bin der Sohn steinreicher Eltern, welche in nicht allzu glänzenden Verhältnissen leben und dennoch keine Kosten gescheut haben, mich, ihren einzigen Sohn Baptist, als Künstler ausbilden zu lassen, und zwar als Hungerkünstler.

DER KAPELLMEISTER: Haben Sie gleich mit längeren Hungertouren begonnen, wenn ich fragen darf?

PLIVENTRANS: Nein – auch in diesem Beruf fängt man im kleinen an. Während zum Beispiel meine Eltern zu den Mahlzeiten Schweinsbraten und Kartoffelknödel pfundweis verschlangen, durfte ich nur zuschauen; nicht daß sie mir das Mittagessen nicht vergönnt hätten, nein, nur um mich für meinen Beruf zu trainieren.

DER KAPELLMEISTER: Wie alt sind Sie eigentlich schon, Herr Pliventrans, wenn ich fragen darf?

PLIVENTRANS: Ich bin noch nicht alt; ich bin auch nicht jung. Ich bin ungefähr mittelalt.

DER KAPELLMEISTER: Also im Mittelalter geboren. – Wir haben also heute die Ehre, daß Sie bei uns hier im »Tingeltangel« Ihre eigenartige Kunst zeigen. Denn ein Hungerkünstler hat sich bei uns noch nie produziert und wir freuen uns, unseren Gästen einmal etwas Neues bieten zu können.

PLIVENTRANS: Mein verehrter Herr Musikdirektor! Ich will Ihnen und den Leuten natürlich Ihren Wunsch nicht abschlagen und meine eigenartige Kunst ganz gern zeigen.

DER KAPELLMEISTER: Meine Damen und Herren! Sie werden stau-

nen, mit welcher Geschwindigkeit Herr Baptist Pliventrans zweiundvierzig Tage lang keine Nahrung zu sich nehmen wird. Herr
Baptist Pliventrans beginnt auf ein Glockenzeichen seine zwei-
undvierzigtägige Hungerkur. – Herr Baptist Pliventrans! Sind Sie
für den Rekord bereit?

PLIVENTRANS: Jawohl.

DER KAPELLMEISTER *gibt ein Glockenzeichen*: Das ist der Beginn
der zweiundvierzigtägigen Hungerkur! *Er schaut auf seine Ta-
schenuhr.* In zweiundvierzig Tagen, abends zehn Uhr, findet in
diesem Lokal an derselben Stelle wieder die erste Nahrungsauf-
nahme statt. – Es würde uns sehr freuen, wenn sich die heute hier
versammelten Herrschaften zu diesem sensationellen Ereignis
wieder hier einfinden würden. – Der Hungerkünstler Pliventrans
verabschiedet sich nun von Ihnen.

PLIVENTRANS: Auf Wiedersehen! *Er verbeugt sich vor dem Publikum – beide gehen ab – der Vorhang der Hinterbühne schließt
sich.*

DER KAPELLMEISTER: Zum Schluß kommt jetzt die Ouvertüre dran
– ›Dichter und Bauer‹ –.

KARL VALENTIN: Die können wir heut nicht machen, weil der
Trommler nicht da ist.

DER KAPELLMEISTER: Das seh ich auch, daß der nicht da ist.

KARL VALENTIN: Nein, der ist nicht da.

DER KAPELLMEISTER: Das seh ich doch selbst, daß er nicht da ist.

KARL VALENTIN: Wie kann man denn einen sehen, wenn er nicht da
ist?

DER KAPELLMEISTER: Wer sieht ihn denn?

KARL VALENTIN: Sie!!

DER KAPELLMEISTER: Nein, ich hab gsagt, ich seh, daß er nicht da
ist. Ich kann ihn doch nicht sehn, wenn er nicht da ist.

KARL VALENTIN: No ja, das mein ich ja.

DER KAPELLMEISTER: No also – – oder sehn ihn Sie?

KARL VALENTIN: Ahhhh –

DER KAPELLMEISTER: Der kommt auch heute nicht, der hat heute
Ausgang, drum müssen Sie jetzt trommeln.

KARL VALENTIN: Ich kann ja nicht, weil ich die Trompete in der
Hand habe.

DER KAPELLMEISTER: Dann legen Sie s' weg. Jetzt weiß er nicht wo
ers hinlegen soll – solls ich Ihnen vielleicht halten?

KARL VALENTIN: Ja, da –

DER KAPELLMEISTER: Das können Sie sich denken – jetzt marsch –
holen Sie sich rasch die Pauke herüber –

KARL VALENTIN: Die kann ich aber nicht allein tragen.

DER KAPELLMEISTER: Lassen Sie sich helfen, ersuchen Sie einen Kollegen, da hilft Ihnen schon einer.

KARL VALENTIN: Anderl, helfen!

DER KAPELLMEISTER: Nur recht ungebildet sein – Anderl, Sie müssen helfen.

ANDERL *geht hin zu ihm*: Um was handelt sichs denn?

KARL VALENTIN: Der Zuber soll da hinüber kommen.

ANDERL: Wann denn?

KARL VALENTIN: Der Anderl läßt fragen, wann?

DER KAPELLMEISTER: Augenblicklich –

KARL VALENTIN: Magst lieber da tragen? *Sie wechseln den Platz.*

ANDERL: Lieber wärs mir aber schon dort gewesen, weil ich da besser tragen könnte, weil ich links bin.

KARL VALENTIN: Du bist links? – Machst du alles links – Essen – Trinken – Schlafen – Husten –? *Anderl sagt zu allem ja.*

DER KAPELLMEISTER: Was ist denn das für eine Privatunterhaltung?

KARL VALENTIN: Der Anderl erzählt mir grad, daß er links ist, der macht alles links.

DER KAPELLMEISTER: Ach der – der spinnt ja.

KARL VALENTIN: Auch links?

DER KAPELLMEISTER: Das interessiert doch keinen Menschen, was der für Untugenden hat.

KARL VALENTIN: Nein, mir hat ers eben erzählt und ich war ganz überrascht davon.

DER KAPELLMEISTER: Das ist ja zu interessant.

KARL VALENTIN: Also, dann gehst hinüber. *Sie wechseln den Platz.*

DER KAPELLMEISTER: Ja, hört jetzt die Rumtanzerei noch nicht bald auf?

KARL VALENTIN: Ja, der Anderl möcht eben lieber drenten tragen.

DER KAPELLMEISTER: Das ist doch gleich, wo man hier trägt – die Pauke ist doch rund.

KARL VALENTIN: Es ist eben sein sehnlichster Wunsch.

DER KAPELLMEISTER: Dann soll er machen, daß er nüber kommt.

KARL VALENTIN: Er will aber drenten tragen.

DER KAPELLMEISTER: Ist ja recht – kommen Sie rüber auf diese Seite und er soll hinübergehen. Vorwärts – keine Widerrede mehr. *Die beiden wechseln unwillig und zögernd den Platz.*

KARL VALENTIN: Jetzt haben Sie uns doch mißverstanden – er will nämlich drenten tragen.

DER KAPELLMEISTER: Da war er ja grad – warum ist er denn dann hinübergelaufen?

KARL VALENTIN: Weil Sie ihn nübergeschickt haben.

DER KAPELLMEISTER: Sie haben gesagt, er will drenten tragen – und drenten ist meiner Ansicht nach drüben auf der andern Seite.

KARL VALENTIN: Ja, von Ihnen aus ist drenten drüben – aber vom Anderl aus ist drenten herüben, außer er steht herenten, dann ist es umgekehrt.

DER KAPELLMEISTER: Das kann kein Mensch verstehen, drenten und herenten – sprechen Sie deutsch, daß man sich auskennt.

KARL VALENTIN: Das ist ganz einfach – sagen wir zum Beispiel – –

DER KAPELLMEISTER: Ich will gar nichts mehr wissen von Ihnen.

Beide heben die Pauke langsam vom Boden.

DER KAPELLMEISTER: Was ist denn jetzt wieder?

KARL VALENTIN: Weil Sie sagen, Sie wollen helfen.

DER KAPELLMEISTER: Ich helfe euch dann hernach, wenn wir fertig sind. Vorwärts – schneller –!

KARL VALENTIN: Der Anderl sieht nicht, wo er hingeht.

DER KAPELLMEISTER: Der soll seine Augen aufmachen, dann sieht er schon.

KARL VALENTIN: Hint hat er doch keine Augen – geh nur zu, Anderl, ich sag dirs schon, wennst wo anstoßt. *Sie stoßen an.* Jetzt – *Beide gehen wieder ein Stück zurück* – *Valentin dreht sich um und sagt.* Jetzt laß sie nunter – halt – jetzt bist mir in den Schuh neikommen – *sie stellen die Pauke auf den Boden – dann leise.* Jetzt ham mirs wieder.

DER KAPELLMEISTER: Ich verstehe Sie nicht – sprechen S' lauter.

KARL VALENTIN: Ich sag, jetzt ham mas wieder.

DER KAPELLMEISTER: Anderl, sind Sie fertig – gehn S' doch auf Ihren Platz – der schläft mir direkt im Stehen ein.

KARL VALENTIN: Das ist ein langweiliger Tropf.

DER KAPELLMEISTER: Ist nur gut, daß Sie so flink sind – sonst wärs überhaupt nichts. So, jetzt rasch die Pauke stimmen – halt, was hat denn die für einen Ton??

KARL VALENTIN: Einen gräuslichen –

DER KAPELLMEISTER: Wie kommt denn das?

KARL VALENTIN: Vielleicht machts das aus, weil die Tschinelle drauf liegt?

DER KAPELLMEISTER: Ja, natürlich, das ist doch ganz klar.

Karl Valentin stimmt und horcht jetzt am Schlegel.

DER KAPELLMEISTER *muß auch horchen und sagt:* Jetzt ists besser. So, da sind Ihre Noten, zählen Sie gut mit und haun Sie ja nicht zu früh hinein, am Anfang haben Sie acht Takt Pause.

KARL VALENTIN: Acht Tag??

DER KAPELLMEISTER: Acht Takt hab ich gesagt – der möchte gleich acht Tag Pause machen. Übrigens, was seh ich denn da, Sie haben ja gar keine Gläser in Ihre Augengläser drin.

KARL VALENTIN: Seit fünf Jahren schon nimmer; die sind mir einmal zerbrochen, weil ich draufgetreten bin; und seit der Zeit hab ichs nicht mehr, weil ichs da ganz herausgeschlagen hab.

DER KAPELLMEISTER: Was setzen Sie dann das leere Gestell auf, das hat doch gar keinen Zweck?

KARL VALENTIN: Besser ists doch wie gar nichts.

DER KAPELLMEISTER: Sie haben immer eine gute Ausrede – so, jetzt fangen wir an.

KARL VALENTIN: Hats Ihnen der Anderl schon erzählt?

DER KAPELLMEISTER: Warum, was will er denn noch?

KARL VALENTIN: Denken S' Ihnen nur, wir haben gestern einen Zufall erlebt. Ich und der Anderl gehen gestern in der Kaufinger Straße und reden grad so von einem Radfahrer – im selben Moment, wo wir von dem Radfahrer sprechen – kommt zufälligerweise grad einer daher.

DER KAPELLMEISTER: Ja – weiter?

KARL VALENTIN: Was weiter??

DER KAPELLMEISTER: Wo ist denn da der Zufall?

KARL VALENTIN: Ich sag, mir haben von einem Radfahrer gesprochen – und im selben Moment, wo mir von dem Radfahrer gredt habn, is grad einer daherkomma!

DER KAPELLMEISTER: Ja – und was war dann mit dem Radfahrer? Was hat denn der getan?

KARL VALENTIN: Nichts! – Weitergfahrn is er wieder.

DER KAPELLMEISTER: Wo ist denn da der Zufall?

KARL VALENTIN: Das is ja der Zufall!

DER KAPELLMEISTER: Also, das ist doch kein Zufall mit dem Radfahrer da! – Das ist überhaupt nix! – Gar nichts!

KARL VALENTIN: Nicht amal der Radfahrer?

DER KAPELLMEISTER: Nein – ich mein, das ist doch kein Zufall, wenn da in der Kaufinger Straßn a Radfahrer daherkommt! – Da fahrn ja im Tag a paar tausend Radfahrer umanander!

KARL VALENTIN: Nein, einer is bloß komma!

DER KAPELLMEISTER: Ich meine, da kommt fast alle Meter wieder a anderer Radfahrer daher!

KARL VALENTIN: Ja, aber net, wenn man davon redt!

DER KAPELLMEISTER: Ach, da hätten Sie schon von was ganz anderem reden sollen.

KARL VALENTIN: Wir haben aber von nix anderm gredt!

DER KAPELLMEISTER: Das weiß ich schon – ich mein nur, wenn Sie zum Beispiel von einem Flieger gesprochen hätten –

KARL VALENTIN: Ham ma net! – Mir ham von einem Radfahrer gredt!

DER KAPELLMEISTER: Das weiß ich ja – ich mein, wenn Sie von einem Flieger gesprochen hätten! – Und im selben Moment wär da oben einer dahergekommen, dann wärs eher ein Zufall gwesn!

KARL VALENTIN: Ja, – naufgschaut ham ja mir net!

DER KAPELLMEISTER: Aber ich mein doch nur – wenn Sie statt von dem Radfahrer von einem Flieger gsprochn hätten!

KARL VALENTIN: Wieso? – Wie kann ich denn von einem Flieger sprechen, wenn ich von einem Radfahrer sprech?

DER KAPELLMEISTER: Ich mein eben, – grad so gut, wie Sie von einem Radfahrer gredt habn, hätten S' auch von einem Flieger sprechen können!

KARL VALENTIN: Ausgeschlossen!

DER KAPELLMEISTER: Ja haben Sie denn noch nie in Ihrem Leben von einem Flieger gesprochen?

KARL VALENTIN: Schon oft – aber da nicht – da habn mir nur von einem Radfahrer gredt!

DER KAPELLMEISTER: Jetzt lassen S' mir mei Ruh, ich will nichts mehr hören von Ihnen!

KARL VALENTIN: Also morgen gehn wir wieder spazieren – dann reden wir von einem Flieger – aber wehe! – wenn dann a Radfahrer daherkommt!

Nun hebt ein unglaubliches Musizieren an: das Vorstadtorchester spielt die Ouvertüre zu ›Dichter und Bauer‹. Der Kapellmeister dirigiert mit Leidenschaft. Sein Lötkrawattl rutscht ihm auf den Rücken. Die beiden Gummiröllchen fliegen nacheinander im hohen Bogen durch die Luft und landen im Orchester. Karl Valentin verpaßt an seiner großen Trommel natürlich alle Einsätze und donnert immer im falschen Moment, was jedesmal mit wütenden Blicken und Gesten seitens des Kapellmeisters quittiert wird und alsdann neue Entschuldigungsgebärden und -verrenkungen des unglückseligen Aushilfspaukers auslöst. Was sich bei dieser Ouvertüre, die den Schluß unseres Stegreifspiels krönt, an komischen Einfällen und grotesken Gags alles abspielt, ist unbeschreiblich. Jedenfalls zeigen die acht Musiker und ihr Kapellmeister in zunehmendem Maße alle Zeichen der völligen Erschöpfung, wenn sich endlich der Vorhang schließt.

Auf der Bühne steht der Flugapparat.

IMPRESARIO (LIESL KARLSTADT): Damen und Herren! Sie haben
heute das seltene Vergnügen, den Lokalschauflügen des bekannten Meisterfliegers Herrn Lorenz Fischer beiwohnen zu
können. Schauflüge auf freien Plätzen à la Pegoud, Udet und so
weiter sind heute keine Seltenheit mehr; ganz anders aber verhält
es sich bei den Schauflügen des Herrn Lorenz Fischer. Dieser ist
imstande, durch die Erfindung seines Elektro-Liliput-Eindeckers
nach System »Fokker« im kleinsten Saale Rund- und Sturzflüge
zu veranstalten, ohne dem werten Publikum zu garantieren für
etwaige Unfälle. Bei seinen bereits absolvierten Gastspielen in
Hannover, Hanau, Halle, Holland, Heilbronn, Hellabrunn und
so weiter wurde Herr Lorenz Fischer mit Medaillen prämiiert.

Flieger (Karl Valentin) zeigt seine Medaillen.

IMPRESARIO: Herr Lorenz Fischer wird nun sogleich seinen Apparat in Bewegung setzen und seine Vorführungen beginnen. Die
Schauflüge bestehen:

1. Senkrechter Kurvenflug im horizontalen Kreisdreieck.
2. Geometrisch achtwinkeliger Sturz-Saltomortale in achtzigpro-
zentig verdrängendem Luftkegel.

Zum Schluß der grauenerregende Adlerflug mit 150 Kilometer
Geschwindigkeit.

*Flieger hat sich an den Propeller gelehnt, rutscht ab, weiß nicht, wo er
die Hand hintun soll, steckt sie in den Fäustling.*

IMPRESARIO: Während seinen sämtlichen Flügen wird Herr Lorenz
Fischer sich mit der Londoner Oper drahtlos in Verbindung
setzen und die Herrschaften haben also heute abend schon Gelegenheit, die Londoner Opernaufführung mittels Lautsprecher zu
hören. Auf dem heutigen Londoner Opernprogramm steht ›Der
Müller und sein Kind‹. Erfahrungsgemäß und laut polizeilicher
Verordnung werden die Herrschaften dringend ersucht, während
den Flügen ruhig und ohne Angst sitzen zu bleiben und die
verehrlichen anwesenden Damen werden gebeten, ihre Hüte ab-
nehmen zu wollen. Herr Lorenz Fischer bezahlt jedem Aviatiker
eine Prämie von 100 bis 200 Mark, der imstande ist ...

Flieger flüstert dem Impresario ins Ohr.

IMPRESARIO: ... bis 300 Mark sogar, der imstande ist, auf diesem
Apparat hier auch nur den geringsten Flug zu unternehmen. Bitte
los!

Flieger zieht seine Fäustlinge aus, trinkt aus dem Maßkrug, der im Flugzeug steht.

IMPRESARIO: Das ist ja furchtbar!

FLIEGER: Wo ist denn der Scheinwerfermann?

IMPRESARIO: Beleuchter, kommen Sie raus, Sie müssen den Saal dunkel machen und die Lampen höher hängen.

FLIEGER: Ja, und immer vorausleuchten, wo ich hinfliegen will, also immer vorher verfolgen mit dem Licht.

Der Beleuchter schaltet den Scheinwerfer ein.

FLIEGER: Schneller, lauter!

IMPRESARIO: Greller, stärker! So ists recht! Jetzt werfens an.

FLIEGER *wirft den Propeller an, es klappt nicht*: Was ist denn los?

IMPRESARIO *probiert es ebenfalls, es klappt nicht*: Was ist denn los?

FLIEGER: Ich weiß auch nicht, vor acht Jahr ist er so gut gangen.

Impresario wirft den Propeller wieder vergeblich an.

FLIEGER: Weil er immer im Hausgang drauß steht, da spieln immer die Hundsbuam damit. *Er pumpt einen Reifen auf und beschimpft den Beleuchter.* Er leucht scho net gscheit umananda auch.

IMPRESARIO: Warum kümmern Sie sich nicht um Ihren Apparat? Das macht man doch vorher!

FLIEGER: Vorher hab ich doch nicht gwußt, daß er net geht. *Er öffnet die Motorhaube.* Wir brauchen halt amal a neue Kommunion-, Firmungs- ah, Zündkerzn.

IMPRESARIO: Was ist denn?

FLIEGER: Samstag.

IMPRESARIO *zum Publikum*: Einen Moment, bitte.

FLIEGER: Mir ists ja selber peinlich. – Mein Gott, die Trambahn ist auch schon manchmal net gangen.

IMPRESARIO: Ich mach vorher mordsgroße Sprüche und nun gehts nicht.

FLIEGER: Das soll man eben vorher nie tun – jetzt werfens nochmal an!

Impresario wirft wieder an.

FLIEGER: Ah, die große Mutter ist rausgegangen. *Schreit.* Mutter!

IMPRESARIO: Schreins doch nicht so, wo ist denn unser Werkzeugkasten?

FLIEGER: Wir haben doch keinen Werkzeugkasten.

IMPRESARIO: Natürlich, der steht doch im Fliegerschuppen.

FLIEGER: Wir haben doch keinen Fliegerschuppen.

IMPRESARIO: Ach was! *Er wirft wieder an, der Motor läuft. Ein Pfeifensignal ertönt.* Alles sitzenbleiben! *Er gibt dem Flieger das Startzeichen.*

DIREKTOR *kommt lärmend und schimpfend durch den Saal gelaufen*: Halt! Nicht fliegen! Stellen Sie ab! Das geht nicht! Abstellen! Aufhören!

IMPRESARIO: So gehen Sie doch weg, Sie stören ja da!

FLIEGER: Ich kann doch nicht starten.

DIREKTOR: Sie sollen abstellen und aufhören!

IMPRESARIO: Ich verstehe kein Wort.

Flieger läßt immer wieder den Motor anlaufen.

IMPRESARIO: So stellen Sie endlich den Apparat ab, ich weiß doch nicht, um was sichs handelt.

FLIEGER: Ist ja abgestellt, da ist halt noch ein Funken drin.

DIREKTOR: Dann tun Sie ihn raus, den Funken.

FLIEGER: Freilich, wegen Ihnen werd ich mir die Pratzen verbrennen!

DIREKTOR: Was fällt Ihnen ein, hier im Theater mit einem Benzinmotor zu fliegen, sind Sie denn von Sinnen?

FLIEGER: Nein, von hier.

DIREKTOR: Ich habe geglaubt, das ist eine ganz ungefährliche Sache, nun kommen Sie mit diesem Benzinmotor daher.

FLIEGER: Ja, mitm Kartoffelsalat kann ma net fliegen.

DIREKTOR: Stellen Sie sich vor, wenn da ein Tropfen Benzin heruntertropft; die Damen haben alle elegante Kleider an.

FLIEGER: Ist net so gefährlich.

DIREKTOR: So, frech sind Sie auch noch!?

FLIEGER: Ja!

DIREKTOR: Wenn ein Kleid kaputtgeht, bezahlen Sie den Schaden?

FLIEGER: Nein.

DIREKTOR: Also, dann wird auf keinen Fall geflogen.

IMPRESARIO: Es kann nichts passieren, wir haben ja ein Netz da. Bringens das Netz heraus. *Jemand bringt das Netz.* So, das wird jetzt übers Publikum gespannt, dann ist das ganze Publikum überspannt.

FLIEGER: Ja, machen Sies überall mit Reißnägel an.

DIREKTOR: Was wollen Sie denn mit diesem Netz, da können Sie Maikäfer fangen damit.

FLIEGER: Im Winter gibts keine Maikäfer.

IMPRESARIO: Also, tun Sies wieder weg, wenn das auch nichts ist.

DIREKTOR: Das Netz ist doch viel zu dünn, hat auch viel zu weite Maschen, da fallen Sie doch durch.

FLIEGER: No ja, besser ists doch wie gar nichts.

DIREKTOR: Aber wenn Sie mit Ihrem schweren Apparat durch das Netz stürzen, da sind ja mindestens zehn Personen kaputt!

FLIEGER: Übertreibens nicht alles so, zehn Personen! Höchstens zwei oder drei.

DIREKTOR *zum Impresario*: Schuld sind aber Sie! Sie sind doch der Impresario?

IMPRESARIO: Ha?

DIREKTOR: Sie sind doch der Impresario? Sie haben mir die Sache als vollkommen gefahrlos erklärt, wie sind Sie dazu gekommen? Geben Sie mir doch Antwort! *Zum Flieger*: Sie, ist das Ihr Impresario?

FLIEGER: Der da? Sehr angenehm!

DIREKTOR: Das ist ja ein Idiot!

FLIEGER: Leider, den hat einmal ein Propeller gestreift, seit der Zeit ist er damisch.

DIREKTOR: Da ist einer blöder wie der andere. Also weg mit dem Apparat, geflogen wird hier nicht. Verlassen Sie die Bühne! Glauben Sie, wir lassen uns unsere sämtlichen Lampen und Lüster zerschlagen, glauben Sie, wir lassen uns einsperren wegen Ihnen?

IMPRESARIO: Sie waren ja schon eingesperrt!

DIREKTOR: Also vorwärts, machen Sie, daß Sie rauskommen, sonst fliegen Sie raus! *Ab*.

IMPRESARIO: So, jetzt ham mas!

FLIEGER: Jetzt stehn wir da wies Kind vorm Flugzeug; ich hab mirs aber glei denkt wie er reinkommen ist, daß er koppt.

IMPRESARIO: Ich kann auch nichts dafür, ich hab auch gemeint, daß vielleicht ...

FLIEGER: Ja, gmeint und gflogen ist zweierlei.

IMPRESARIO: Wissen Sie, gar so unrecht hat er nicht ghabt, es ist schon ziemlich klein da herin, zu klein, das wäre direkt kleinlich, wenn man da herin umananda fliegen würde.

FLIEGER: Es ist zu furchtbar klein, angwandelt wären wir auf jeden Fall.

IMPRESARIO: Ich sag, es wär vielleicht doch etwas passiert, wenn wir gflogen wären.

FLIEGER: Weil ... Sicher ...

IMPRESARIO: So etwas gehört auch im Freien vorgeführt und nicht im Theater, sondern draußen auf freiem Felde, auf der Oktoberwiese ...

FLIEGER: Sie können aber nicht verlangen, daß die Leut jetzt mit uns auf d'Wiesen nausgehn sollen. Dann entschuldigens Ihnen, sagen Sie, wir hätten fliegen wollen, aber der Direktor ist gekommen.

IMPRESARIO: Das brauch ich doch nicht zu sagen, das hat doch jeder Mensch gehört.

FLIEGER: Vielleicht ist grad einer drauß gwesen.

IMPRESARIO: Hochgeehrte Damen –

FLIEGER: Sagen Sies einfach den Herrschaften.

IMPRESARIO: Ich weiß doch selbst was ich zu sagen habe. – Hochgeehrte Damen.

FLIEGER *läßt den Motor wieder anspringen, der Flugapparat, den Valentin nur mit Mühe festhalten kann, setzt sich in Bewegung. Der Impresario läuft schnell zur Seite*: Lauft er davon, der Aff. Wenn ich ihn nicht grad noch erwisch, dann ists gfehlt, wenn hinten die Tür auf ist, dann ham man gsehn.

IMPRESARIO: Hochgeehrte Damen und …

Flieger wirft erneut den Propeller an.

IMPRESARIO: Das ist ja ein Leichtsinn sondergleichen, ich steh in der Mitte vorm Apparat, was glauben Sie, was da für ein Unglück passieren könnte. – Ich danke schön!

FLIEGER: Bitte bitte!

IMPRESARIO *möchte sprechen, dreht sich um und erschrickt. Valentin kann den Apparat nun nicht mehr bändigen, er umklammert ihn mit beiden Händen und folgt ihm hüpfend*: Also hinter mir muß unbedingte Ruhe herrschen, sonst kann ich nicht sprechen.

FLIEGER: Für die Ruhe hinter Ihnen müssens schon selber sorgen.

IMPRESARIO: Ich bin jetzt ganz nervös geworden. – Hochgeehrte Damen und Herren! Sie haben unseren guten Willen gesehen, wir wollten doch absolut fliegen, aber die Direktion hat es uns soeben ausdrücklich verboten. Mir tut es natürlich unendlich leid, Ihnen wird es ebenso leid tun!

FLIEGER: Alle Leut tuts leid!

IMPRESARIO: Aber wie gesagt, meine Wenigkeit kann natürlich da auch nichts mehr dagegen machen. Ich bitte die verehrten Anwesenden vielmals um Verzeihung. Sie sehen ja, wir wollten fliegen, aber wir dürfen nicht.

FLIEGER: Wir dürfen schon. Ab morgen …

DIREKTOR *kommt von hinten auf die Bühne gelaufen*: Nein, Sie dürfen auf keinen Fall! Machen Sie, daß Sie hinauskommen!

IMPRESARIO: Da, jetzt kommt er wieder daher. Kommen Sie, wir gehen jetzt.

FLIEGER: Das werden wir schon sehen, vielleicht sind Sie noch einmal froh um solche Schaunummern. Wir wollten schon in ganz anderen Lokalen fliegen, da ists uns auch verboten worden!

IMPRESARIO: Kommen Sie, regen Sie sich nicht auf.

FLIEGER: Wir lassen uns das nicht gefallen, Sie sind auf uns nicht angewiesen, aber wir auf Sie, das müssen Sie sich merken!

Der reparierte Scheinwerfer

*Die Kapelle hat kaum zu spielen angefangen, als der Direktor in
höchster Erregung auf die Bühne kommt.*

DIREKTOR: Was ist denn hier los? Warum tritt die Tänzerin nicht
auf?

STIMME *hinter der Bühne*: Der gelbe Scheinwerfer links an der
Bühne brennt nicht mehr.

DIREKTOR: So eine Schlamperei! Wissen Sie das jetzt erst – der muß
sofort gerichtet werden, wo sind denn die Elektrotechniker? *Er
sucht sie und nimmt sie mit auf die Bühne.* Kommen Sie mal mit
auf die Bühne – der Scheinwerfer brennt nicht – schauns mal nach,
was da los ist.

VALENTIN: Was isn?

DIREKTOR: Der Scheinwerfer brennt nicht.

VALENTIN: Brennt er net?

DIREKTOR: Nein, der brennt nicht!

VALENTIN: Der wird halt net eingschalt sein. *Ruft nach hinten.*
Schaltens amal ein dahint.

STIMME: Es ist ja eingeschaltet.

VALENTIN: Was, eingschalt ist – na muaß er ja brenna.

DIREKTOR: Er brennt aber nicht.

VALENTIN: Ja, na könna mir aa nix macha.

SIMMERL (LIESL KARLSTADT): Ja wieso, warum brennt er denn net?

DIREKTOR: Frag doch net so dumm, blöder Bua.

VALENTIN: Was blöder Bua – der ist schon bei der Fachschaft.

DIREKTOR: Schließlich und endlich sind doch Sie der Fachmann.

VALENTIN: Ja ich schon – aber der net – der is Fachknabe.

DIREKTOR: Ist ja Wurscht, was er ist, das ist halt Ihr Lehrbua.

VALENTIN: Ja, ja.

DIREKTOR: Also wollen Sie so gut sein, schaunsn halt amal an.

VALENTIN: Ja, anschaun könn man schon.

SIMMERL: Ob er aber vom Anschaun alloa brennt, des glaub i
kaum.

DIREKTOR: Das glaub ich auch nicht.

SIMMERL: Brennt er überhaupt nimmer?

DIREKTOR: Nein, der brennt nicht.

VALENTIN: Red doch koa Suppen, des sagt er ja der Mo.

SIMMERL: Ach wirft er keine Scheine mehr?

DIREKTOR: Nein, er wirft keine Scheine.

VALENTIN: Geh hör doch auf.

SIMMERL: Vielleicht is er kaputt?

DIREKTOR: Wahrscheinlich ist er kaputt.

SIMMERL: Wahrscheinlich – der is scho sicher hi.

DIREKTOR: Verstehn Sie denn überhaupt etwas von Scheinwerfern?

VALENTIN: Natürlich, ich hab doch bei Siemens und Schuckert garbat, aber mehr auf Marinescheinwerfer, des san ja solchene Kübeln – Gschläusen. Da is jad es a Katze dagegen.

DIREKTOR: Marinescheinwerfer, meiner Ansicht nach ist doch einer wie der andere.

VALENTIN: Hams noch oan?

DIREKTOR: Freilich, noch mehrere.

VALENTIN: Die brenna ja.

DIREKTOR: Die brauchen Sie ja auch nicht zu richten.

VALENTIN: Des hätt ja auch gar koan Sinn, wenn mas richten tat, wenns aa so brenna.

DIREKTOR: Freilich hat das keinen Sinn.

VALENTIN: Warum hams uns denn des gestern net gsagt, das er net brennt?

DIREKTOR: Weil er gestern brennt hat.

VALENTIN: Ah, gestern hat er noch brennt, na hätts gestern aa koan Sinn ghabt, wenn man repariert hätten, weil mehr als brenna kanna ja net.

DIREKTOR: Jetzt redens net so viel – in fünf Minuten hat der Scheinwerfer zu brennen.

SIMMERL: Ah – fünf Minuten braucht ja der schon, bis ern oschaugt.

VALENTIN: Fünf Minuten brauch i ja, bis i ihn beguck. Da kann sei, wenn a Leitung hin is, müssen wir a neues Kabel legn, müssen d'Bühne und den ganzen Hof aufreißen, ham Sie a Ahnung, zu so einer Reparatur brauchen wir mindestens ... *Zu Simmerl.* Wie lang wern ma da braucha?

DIREKTOR: So is recht, der fragt sein Lehrbubn, wie lang er braucht.

SIMMERL: Da brauch ma ziemlich lang.

VALENTIN: Da braucha mir mindestens zwei bis acht Tage.

DIREKTOR: So, jetzt geb ich Ihnen zehn Minuten Zeit, in zehn Minuten komm ich, dann muß er brennen, Sie brauchen ihn ja nur provisorisch zu richten.

VALENTIN: Ja, nur provisorisch.

DIREKTOR: Also in zehn Minuten komm ich.

VALENTIN: Ja kemma könnas scho. *Direktor ab.* Müß ma halt nachschaun. *Horcht an der Wand.* Ja da is a kurzer Schluß da. *Er mißt mit dem Meterstab, der immer wieder zusammenklappt. Simmerl bohrt in der Nase*. Drecksau junge, vor de Leut tut ma doch net Nasenmandeln fanga. Geh amal in d'Werkstatt nüber und hol den andern Meterstab.

SIMMERL: Was für oan?

VALENTIN: Den mit de Patentfedern. Mit dem kann ma nur in Keller abimessen – am Speicher nauf klappt er zsamm.

SIMMERL: Und in d'Werkstatt kann ma net nei, de is zugsperrt.

VALENTIN: Wo is denn der Schlüssel?

SIMMERL: Der liegt drinn in der Werkstatt.

VALENTIN: Was für a Rindvieh hat denn da zugsperrt?

SIMMERL: I!

VALENTIN: Und der Schlüssel liegt drin, ja wie bist denn du da rauskomma?

SIMMERL: Ja zuerst bevor ich drinn zugsperrt hab, bin i no schnell rausgsaust.

VALENTIN: Da müß ma a neus Kabel holn, da dürf ma glei anfanga. *Er schreibt ins Notizbuch die Zeit, wann er anfängt.*

SIMMERL: Ja fang ma gleich an – na hol ich glei Brotzeit.

VALENTIN: Da hast a Geld, holst zwei Regensburger, oane warm –

SIMMERL: Und de ander kalt?

VALENTIN: Nein – de ander auch warm, oder nimmst glei alle zwoa warm.

SIMMERL: Und für mi vielleicht an Schlagrahm, weil in so gern mag.

VALENTIN: Brauchst bloß an Rahm bringa, an Schlag kriagst dann von mir.

SIMMERL: Ja, a Maß Bier und zwoa warme Würst.

VALENTIN: Kalt wärns mir eigentlich lieber.

SIMMERL: Dann hol ich zwei kalte – oder i verlang zwoa ganz hoaße und geh langsam, dann werns aa so eiskalt, bis i rüberkomm.

VALENTIN: Ja des geht aa und sollns zu eiskalt sein, dann könnas ma imma wieder warm macha. Also schwing di, schau daßd weiterkommst – darenn di fei net!

SIMMERL: Na, i gib scho obacht! *Ab.*

Valentin mißt ein Rohr ab, hantiert herum, schaut ins Publikum.

SIMMERL *kommt mit den heißen Würsten*: Ah Blumendraht, san de hoaß, i hab mir mei ganze Pratzn verbrennt. *Valentin nimmt die Würste.*

DIREKTOR: So seid ihr nun fertig? *Beide verstecken die Brotzeit, Valentin steckt die heißen Würste in die Tasche.*

DIREKTOR: Na was ist denn los, haben Sie Bauchweh?

VALENTIN: Jaa Bauchweh …

DIREKTOR: Da müssens halt heiße Umschläge machen.

VALENTIN: San ja so so heiß. *Er wirft die Würste weg hinter die Bühne.*

DIREKTOR: Also, was ist jetzt mit dem Scheinwerfer, ist er jetzt fertig?

SIMMERL: Na, mir können net anfangen, weil mir koa Werkzeug habn.

DIREKTOR: Dann holen Sie sich doch Ihr Werkzeug.

SIMMERL: Des ham ma scho, aber Material brauchen mir auch, des liegt im Lager.

DIREKTOR: Wo ist denn Ihr Lager?

VALENTIN: In Haidhausen.

DIREKTOR: Da brauchen Sie doch mindestens eine Stunde, bis Sie zurück sind. So lange können wir nicht warten, nehmens halt von uns was, wir haben doch auch alles da.

VALENTIN: Wir kriegn scho herin a Lager, aber erst im Frühjahr.

DIREKTOR: Das nützt mich doch nichts – also was brauchen Sie, wir haben doch Werkzeug genug da.

SIMMERL: A lange Leiter.

DIREKTOR: Ham ma.

VALENTIN: Litzen und Dräht.

DIREKTOR: Ham ma.

SIMMERL: An Gips.

DIREKTOR: Ham ma.

VALENTIN: An Hamma.

DIREKTOR: Ham ma.

SIMMERL: An Arbeitsgeist.

DIREKTOR: Also Marsch vorwärts, Sie können alles von uns nehmen.

VALENTIN: Ja das geht auch, denn wenn ma an Scheinwerfer macht, muaß er gleich richtig gmacht werdn. Wissens mit am Scheinwerfer is genauso als wie mit was anderm. Des muaß glei richtig ind Hand gnomma werdn.

DIREKTOR: Also beeilen Sie sich. *Beide ab.*

SIMMERL *Nachdem beide ab sind, schaut Simmerl schüchtern umher und spielt mit der Brezn*: Daweil wird ich an kloanan Imbiß zu mir nehma. *Zum Souffleur.* Hans? – Ob i erst ogfangt hab? Na, na, i bin scho üba a Jahr in der Firma. Koa Freud hab i eigentlich gar net dazua, des is ja a Drecksarbeit. So was geht ja, des is ja a leichte Arbeit, des is ja a alter Huat. Aber wenn ma oft Kabel legn müassn, wia neulich in der Großmarkthalle, da hab i im Keller drunt durch mindestens zwanzig Zentner dafaulte Birn durchkrabbeln müassn. – Da hab is früher schöner ghabt, da war i in der

49

Lehr bei einem Waffelbäcker, da ham ma de Waffeln gmacht, de
wo ma ins Gfrorns eintaucht. Aber der Moaster hat mich nach
vier Wochen schon nausgschmißn, weil i sämtliche Waffeln, die er
backa hat, glei gfressen hab, der hat gar nix mehr zum Verkaffa
ghabt. Oh, da ist mei Vatta aufganga. Na hat er mi zu am
Schweinsmetzger in d'Lehr gebn, da hab i mi nacha glei so in
Leberkäs einghängt, daß d'Welt ungleich war. Na hams mi wieder nausgschäufelt. Na hat mi mei Vatta in a elektrotechnisches
Gschäft do, weil er gsagt hat, Glühlampn wer i doch net gleich
verschlinga. Jetzt bin i scho über a Jahr dabei – ha? – ob des mei
Moaster ist? – A woher – unser Moaster der gang ja da gar net her,
des is a feiner Hund – des is unser Vorarbeiter, des is ja a gscherte
Nuß. – Verstehn tuat er aa net viel, denn wenn a komplizierte
Arbeit zmachen is, dann muaß er ja mi fragn, weils i schon
viel besser heraußen hab wie er. – Bloß hunzen tuat er mi
den ganzen Tag, aber wenn i amal ausglernt hab, dann wer i
eahm am letzten Tag nos Werkzeugkistl nauffalln lassn, zum
Abschied.

VALENTIN *kommt mit Stangen und anderen Utensilien unter dem
Arm zurück*: Wem laßt dus Werkzeugkistl nauffalln? Schlawi-
nerbua!

SIMMERL: I hab ja net gwußt, daß Sie hinter mir stehn. Und der hat
mich um was gfragt ghabt.

VALENTIN: Was brauchst denn du mit dem Stefften da redn. Arbeit
liaber, hast doch ghört, in fünf Minuten solln ma da fertig sein, hat
der wampate Aff gsagt. *Simmerl ab.*

DIREKTOR *der zugehört hat*: Ich helf Ihnen gleich, also sind Sie
fertig?

VALENTIN: Na, jetzt fang ma an.

DIREKTOR: Wo nur der mit der Leiter bleibt? *Simmerl kommt mit
Leiter und Werkzeugkistl und stößt den Direktor mit der Leiter an
den Kopf.*

DIREKTOR: Idiot – kannst du deine Augen nicht aufmachen, du
Trottel? *Ab.*

VALENTIN *läßt die Stangen auf einen Gast fallen. Die Leiter steht auf
der Litze, beide ziehen hin und her*: Ja mit Gewalt gehts gar nicht.
Da brauch ma ja bloß die Leiter wieder aufhebn. *Tut es und zieht
die Litze unnötigerweise wieder durch die Leiter.* So! *Simmerl
trägt die Leiter vor.*

VALENTIN: Net dahin am Vorhang, Depp!

SIMMERL: Wohin?

VALENTIN: Da stellst as her!

SIMMERL *steigt auf die Leiter*: Ah, habs schon gsehn – da müß ma nüber – da kann i aber net nüberlanga.

VALENTIN: Warum steigst nacha nauf, Hanswurscht? Geh aba!

SIMMERL: Ja.

VALENTIN *steigt auf die Leiter*: Da kann i aa net nüberlanga, da bräuchten mir a runde Leiter um den Turm herum.

SIMMERL: Das ging scho wenn die Leiter höher wär, oder wenn das weiter herunt wär.

VALENTIN: Da müßten wir höchstens a kleins Grüst machen, daß ma da a Brett nüberlegn.

SIMMERL: Ja wie lang soll des Brett sei? Dann hol i oans.

VALENTIN: Wart i meß ab. *Sein Meterstab klappt immer zusammen, er merkt sich mit dem Finger die Stellen, der Meterstab kommt ihm aus, er macht mit dem Bleistift einen Strich in die Luft. Zu Simmerl.* Was schaust denn so blöd?

SIMMERL: I muaß doch obacht gebn, daß i was lern.

VALENTIN: Da brauchst net obacht gebn, des kann i selber net. Also ein Meter fünfundachtzig muaß des Brett lang sei, geh zua.

SIMMERL: Ja dann laß i des Sach daweil da. *Er läßt die Leiter auf einer Seite zuklappen und zwickt Valentin die Finger ein.*

VALENTIN: Depperter Depp, depperter, siagst denn net, daß i meine Finger drinn hab?

SIMMERL: Da kann i nix dafür, für was müassen Sie Ihre Pratzn überall neidoa, müassens halt Eahnere Batzlaugn aufmacha.

VALENTIN: Schau amal, ob ma da an Anschluß habn?

Simmerl steigt auf die Leiter.

SIMMERL: I kann gar nix sehn, weil i zweit weg bin, da müaß ma zerst 's Brett rüberlegn, vielleicht gengas schnell naus und holns Brett, dann wart i daweil da herobn.

VALENTIN: Dir geh i dann glei naus, geh runter, sonst wirf i di runter.

Simmerl steigt herab und Valentin auf die Hand.

VALENTIN: Auuu, so geh doch runter, du stehst ja drobn!

SIMMERL: Wo? Auf der Leiter?

VALENTIN: Na auf der Ding ...

SIMMERL: Auf der Sprossen?

VALENTIN: Na auf der ... mir fallt ja der Nama net ein – auf meiner Hand! *Haut Simmerl.* Daschlagn dua i di no amal, siagst denn net?

SIMMERL: Mit de Schuhsohln kann i doch net sehn, überhaupts werd i amal windi wern, dann hau i Eahnas Werkzeugkistl nauf, dann könnas a Liad singa – o Haupt voll Blut und Wunden.

VALENTIN: Na gfreu di nur, heut nach Feierabend. Ham ma denn überhaupt an Strom? Da probier amal die Lampn aus, obs brennt.

SIMMERL *zündet mit einem Streichholz die Lampe an*: Na die brennt
  net.

VALENTIN: Was tuast denn wieder? *Er reißt ihm die Lampe aus der
  Hand und verbrennt sich daran.* Herrgott Sapprament! Geh amal
  die Leiter nauf, damit i di nimmer siech.

Simmerl steigt die Leiter hinauf.

VALENTIN *pfeift*: Bist schon drobn?

SIMMERL *pfeift auch*: Bin scho da.

VALENTIN: Da herinn pfeift ma doch net du gscherter Lump –
  obacht jetzt wirf i dir an Draht nauf. *Er wirft den ganzen Draht
  hinauf.* Halt, i brauch ja a End.

SIMMERL: I trags nunter.

VALENTIN: Na, wirfs runter. – Wart. *Er steigt auf den vordersten
  Tisch, an dem ein Paar sitzt und zu Abend ißt.*

SIMMERL: Obacht auf den Schaumkuchen, uuuh, jetzt sans in den
  ganzen Batz neitretn. *Er wirft die Litze einer Dame an den Kopf.
  Valentin reißt die Litze und gleichzeitig einige Federn aus dem
  Hut der Dame.*

GAST: Ja was fällt Ihnen denn ein, können Sie nicht besser Obacht
  geben!

VALENTIN: Das ist mir gleich, i muaß arbeiten. *Er wirft den Draht
  wieder hinauf.* So jetzt ziag o. *Simmerl zieht den ganzen Draht
  hinauf.*

VALENTIN: Jetzt hat ern wieder drobn, paß doch auf. *Er steigt wieder
  auf den Tisch.*

GAST: Was fällt Ihnen denn ein, Sie sehen doch, daß wir essen!

VALENTIN: Um de Zeit frißt ma aa net. – So Simmerl, jetzt wirfst mir
  den ganzen Draht runter, du brauchst bloß as End halten.
  *Simmerl schneidet mit der Schere ein Ende vom Draht ab und
  wirft den Draht hinunter, wieder auf den Kopf der Dame.*

GAST: Alles was recht ist – Herr Ober, einen anderen Platz!

VALENTIN: Sie haben auch den ungünstigsten Platz da herin. – Ja
  jetzt hat er mir wieder den Draht runter gworfn, i hab doch gsagt,
  's End sollst droben bhaltn.

SIMMERL: Des hab i ja, i habs doch extra weggschnittn.

VALENTIN: Hundskrüppl mistiger, wo hast denn dein Saukopf?

SIMMERL: Da. *Valentin wirft ihm eine Windnudel ins Gesicht. Simmerl hängt die Litze ein, die Valentin über den Tisch zieht, was
  erneut den empörten Protest des Gastes herausfordert.*

VALENTIN *zum Gast*: Dann macha Sie an Scheinwerfer, wenns
  Eahna net paßt. So jetzt wirf mir a Messingschräuferl runter.

SIMMERL: Obacht! Schräuferl! *Es fällt der Dame in den Ausschnitt.*

DAME *schreit*: Ah, jetzt ist mir da was reingfalln.

VALENTIN: Wo is denn hingfalln?

GAST: Da hinein.

Valentin möchte das Schräuferl herausholen, schaut aber erst einmal in den Ausschnitt.

GAST: Das geht doch nicht, hier vor allen Leuten! Unterstehen Sie sich noch einmal!

VALENTIN: Des is mir gleich, i brauch mei Schräuferl! *Er greift in den Ausschnitt, der Gast schimpft wütend.*

SIMMERL: Sie! Sie! Die Dame soll halt aufstehn, dann fallts unten raus. *Die Dame steht auf, schüttelt sich, das Schräuferl fällt auf die Erde.*

GAST *gibt Valentin das Schräuferl*: Komm, wir gehen, wir wollen uns bei der Direktion beschweren! *Ab.*

VALENTIN: Ah, des is ja no ganz warm – so Bua, jetzt klemmst die Litzn in Scheinwerfer nei und dann schalt i ein.

SIMMERL: Ja is schon recht. *Kommt herunter.* Also jetzt mach i finster und dann schalt i ein. So, jetzt brennt er.

VALENTIN: Der brennt net, warum lügst denn scho wieder? *Er haut ihm eine runter.*

SIMMERL: Ja der brennt scho, der andere, auf der andern Seiten.

VALENTIN: Ja gibts denn so was aa? Den ham ma gricht und der andere brennt!

DIREKTOR: So, sind Sie jetzt soweit, brennt er jetzt?

VALENTIN: Ja der brennt, der auf der andern Seitn.

DIREKTOR: Der nützt mich nichts, den muß ich haben.

VALENTIN: Ja den ham ma ja gricht, aber der hat brennt.

DIREKTOR: Das ist ja zum Haare ausreißen! *Reißt sich Haare aus.* Der nützt mich nichts, den muß ich haben, der muß brennen!

VALENTIN: Ja, na müaß ma halt den richtn, nacha brennt der!

Der Schreinermeister (Karl Valentin) arbeitet an der Hobelmaschine. Ein Kunde betritt die Werkstatt und trägt dem Meister sein Anliegen vor. Dieser jedoch arbeitet ungestört weiter, da wegen des großen Maschinenlärms ohnehin kein Wort zu verstehen ist. Schließlich stellt er die Maschine ab und der Kunde erzählt alles noch einmal.

MEISTER: Ja da müssen Sie zu einem Bauschreiner gehen, ich hab ja a Möbelschreinerei. *Der Kunde geht. Während dieser ganzen Zeit ist der Lehrbub (Liesl Karlstadt) damit beschäftigt, eine kleine Kiste zusammenzunageln.*

MEISTER: Wie lang brauchst denn jetzt noch zu dem Kistl, der Nagel is ja no net ganz drinn, da hau nauf auf den Nagel. *Der Lehrbub haut mit dem Hammer auf den Fingernagel des Meisters.*

MEISTER: Ja Rindviech, siechst denn nimmer, haut er mich auf den Nagel nauf.

LEHRBUB: Sie ham ja gsagt aufn Nagel.

MEISTER: Ah Depp, doch net aufn Fingernagel.

FRAU *kommt mit zwei Tassen Kaffee, die sie neben den Leimtopf stellt*: Da habts euern Kaffee. *Ab.*

LEHRBUB: Heut schauts wieder drein wie a Lämmergeier.

MEISTER: Heut? Jeden Tag schaut die so drei. *Er bricht eine Semmel auseinander, taucht sie, statt in den Kaffee, in den Leimtopf und beginnt mit seiner Brotzeit.* Pfui Teufel, jetzt hab ich mei Semmel in Leim neitaucht, wer hat ma denn wieder den Leim direkt neben Kaffee hingstellt?

LEHRBUB: I net, des war d'Moasterin.

MEISTER: Des alte Rindviech!

FRAU *kommt zurück*: Kaspar ...

MEISTER: Ah Roserl, hast du mir den Kaffee neben den Leimhafen hingstellt?

FRAU: Ja, warum?

MEISTER: Weil ichs verwechselt hab und hab in Leimhafen neitaucht.

FRAU: Alt gnua warst, daßd an Leim vom Kaffee auseinander kennst.

MEISTER: Ja schau Roserl ...

FRAU: I gib dir glei a Sauroserl! Der Herr Baron hat rübergschickt, du sollst heut noch nüberkommen und sollst im Speisesalon an Parkettboden ausspandeln.

MEISTER: Heut no? Heut kann i net zum Baron nübergehn – der soll sein Parkettboden rüberschicken.

FRAU: An Parkettboden kann er doch net rüberschicken, a so a saudumms Gred! *Ab.*

LEHRBUB: Sie Moaster, jetzt hätt i bald vergessen, der Herr Sekretär Weber hat ma angschafft, ich soll Eahna sagn, daß Sie die Tür net macha braucha, er hat sichs anders überlegt und laßt sich jetzt im Schlafzimmer statt der Tür vom Tapezierer an Vorhang hinmachen.

MEISTER: So is recht, jetzt weil i zugschnitten hab, jetzt werds abbstellt – des geht mich gar nichts an, i habs Holz scho zugschnitten, zapft is schon – geht mi nix o – des muaß zahlt werdn! I bin doch koa Hanswurscht, ja was war denn net des?

LEHRBUB: Ja der Herr Sekretär Weber hat ja gsagt, wenn Sie schon angfangt ham, na zahlt er halt des, was scho gmacht ham.

MEISTER: Des werd aa guat sein – de ganze Tür kostat fünfunddreißig Mark und des, was i bis jetzt gmacht hab, des macht mindestens zehn Mark; tua a Formular her, i schreib glei a Rechnung. Wie schreibt ma denn da?

LEHRBUB: An Herrn Sekretär Weber …

MEISTER: Wie soll jetzt i da schreibn, des is saudumm.

LEHRBUB: Schreibens – auf Wunsch eine neue Türe ogfangt und mittendrinn aufghört.

MEISTER: A so kann i net schreiben, ah was, i schreib – eine neue Türe nicht gemacht zwölf Mark. So – und nach Feierabend tragst as gleich nüber.

LEHRBUB: Aber zerst mach i mei Kisterl fertig. *Er holt Nägel, hämmert und haut sich einen Vexiernagel in den Zeigefinger.* Au!

MEISTER: Was is denn? Jessas Marand Joseph! Haut sich der an Nagel in Finger nei – und grad von dene, wo ma so wenig ham. *Er zieht den Nagel heraus und verbindet den Finger.*

LEHRBUB: Jetzt ziagts aba.

MEISTER: Des glaub i schon, weil a Loch drinn is im Finger.

DIENSTMÄDCHEN: Grüß Gott. Herr Schreinermeister, mir is was passiert.

MEISTER: No, werd net so gfährlich sein.

DIENSTMÄDCHEN: D'Herrschaft is verreist, i staub heut im Salon alles ab, rutscht mir von dem altdeutschen Schrank der kleine holzgeschnitzte Engel aus der Hand und direkt am Boden …

MEISTER: Auweh, san d'Flügerl abbrochen?

DIENSTMÄDCHEN: Na, d'Flügerl net.

MEISTER: Was nacha, d'Fuaßerln?

DIENSTMÄDCHEN: Aa net.

MEISTER: Da Kopf?

DIENSTMÄDCHEN: Aa net.

MEISTER *besinnt sich*: Da Arm?

DIENSTMÄDCHEN: Na, der aa net.

MEISTER: An Bauch kann er sich doch net brechen, der kleine Engel.

DIENSTMÄDCHEN: Ich habs ja in dem Papierl da drinn. *Sie gibt dem Meister das Papier. Dem Meister fällt aber der Gegenstand heraus und unter die Hobelspäne.*

MEISTER: Da is ja nix drinn.

DIENSTMÄDCHEN: Na is wahrscheinlich rausgfalln.

MEISTER: So und in d'Hobelschoaten nei – was wars denn eigentlich? *Er sucht.*

LEHRBUB: Suchas was, was is Eahna denn nuntergfalln?

MEISTER: Ah so a kleins … ah, da liegts ja. *Hebt es auf und betrachtet es.* Ah, 's Naserl is abbrochen, des wern ma gleich wieder hingleimt ham. *Will es anleimen.* Ja der hat ja sei Naserl, des is ja gar net wegbrochen.

Dienstmädchen deutet verlegen auf die entsprechende Stelle.

MEISTER: Ach so!!! *Leimt es an.* So, jetzt gebns halt recht Obacht – und langas ma net hin, weils frisch gleimt is.

DIENSTMÄDCHEN: Ja i gib schon Obacht – und was bin ich schuldig, Herr Schreinermeister?

MEISTER: Ah wegen der Kleinigkeit! Gengas zua!

DIENSTMÄDCHEN: Besten Dank! Pfüat Gott, Herr Schreinermeister.

LEHRBUB: Pfüat Gott, Fräulein! Aber nimmer hinglangen!

MEISTER: Halts Mai. *Gibt ihm eine Ohrfeige.* Wo hast ma denn überhaupt des andere Brett hindo?

LEHRBUB: In Holzschuppen naus, i hab gmoant, des is scho abghobelt, soll ichs schnell holen?

MEISTER: Ja schnell, da könnt i wieder lang warten – i hol mirs selber. *Ab.*

LEHRBUB: Ah da liegt sei Pfeifa – jetzt dua i eahm wieder wie neulings Zündhölzlköpf untern Tabak nei und wenn ers anzündt, na schnalzts wieder. So da leg ichs her, daß ers gleich siecht.

MEISTER *kommt mit dem Brett zurück*: Alisi!

LEHRBUB: Ja?

MEISTER: Geh naus, sperr an Schupfa zua, den hab i offen lassen.

Alisi ab.

MEISTER *zündet sich seine Pfeife an, die sofort explodiert*: O heilige Zweifaltigkeit, was war denn jetzt des? – I woaß scho, des war wieder der Bua, des hat er mir scho amal do, der Krippi, na wart nur – dir werf i jetzt a Handvoll Sägleim ins Gwaff eini, Saubua mistiger. *Ruft.* Alisi, da geh amal schnell rei zu mir.

LEHRBUB: Ja i komm scho.

FRAU *reißt die Türe auf, der Meister wirft ihr Sägleim ins Gesicht*: Ah ah ah. Herrgott, ja was is denn des, da hört sich ja alles auf, wirft ma der an Haufen Dreck ins Gsicht, was is denn des für a Lausbüberei.

MEISTER: Du kommst aa allaweil daher, wenn ma di gar net brauchen kann – i hab eben gmoant, der Alisi is.

FRAU: Du hast gar nix zmoana. *Sie öffnet ihre Geldbörse.* Was willst denn heut zum Nachtessen ham, ha?

MEISTER: A Fünftel Leoni.

FRAU: Und?

MEISTER: Und a halbs Pfund Kaviar.

LEHRBUB *kommt mit einem Schachterlteufel herein*: Moaster ...

MEISTER: Jetzt kimmt er daher, wo warst denn du so lang?

LEHRBUB: Waruma?

MEISTER: Weil i da Moasterin a Handvoll Sägleim ins Gsicht nei-gschmissn hab, de wo i dir neischmeißen hätt wolln.

LEHRBUB: Ah, na bin i froh, daß d'Moasterin zerst reikomma is.

FRAU: Halt dei freche Pappn, sonst fangst oane, daßd an Leimofen für a neus Postgebäude anschaust. Sag liaber, wosd so lang warst, wosd di wieder rumtrieben hast.

LEHRBUB: D'Frau Heilmeier hat mir gschrien und hat gsagt, da Moasta soll de Schachtel leima und a paar Nägel neihaun, weil da Boden wegga geht.

FRAU: Lauter so Glump bringas allaweil daher, wo nix verdient is.

MEISTER: Was isn des für a Schachtel? *Er nimmt die Schachtel, der Deckel springt auf, eine Papierschlange schnellt hervor. Die Frau läßt vor Schreck die Geldbörse fallen, schreit auf und fällt in Ohnmacht.*

MEISTER: O du lieber mein Gott.

LEHRBUB: Uh, da Schachterdeifi, Moaster, da schaugns her, unser Moasterin is vor lauter Schrecken in d'Ohnmacht gfalln.

MEISTER: 's Geld heb auf, 's ganze Geld liegt am Boden.

LEHRBUB: D'Moasterin is ohnmächtig, helfas ihr.

MEISTER: 's Geld sollst aufklaubn.

LEHRBUB: D'Moasterin liegt aber am Stuhl.

MEISTER: Unds Geld liegt am Boden.

LEHRBUB *spritzt die Meisterin mit Wasser an, gibt ihr Schnupftabak, macht Wind mit einem Brett und haut sie damit auf den Kopf*: Ich mach Wiederbelebungsversuche.

MEISTER: Des wärn saubere Wiederbelebungsversuche, du machst as no ganz hi.

Die Meisterin erwacht.

MEISTER: Auweh! Gott sei Dank, jetzt gehts wieder besser.

FRAU: Was war denn jetzt los? So bin ich in meim ganzen Leben noch nicht erschrocken – guate Lust hab i und geh nie mehr in d'Werkstatt rei.

LEHRBUB: Ja Moasterin, des deans, des kann i Eahna ganz heiß empfehlen.

FRAU: Du bist a frechs Bürscherl, mei Liaber – aber statt daß der Alt gscheiter war, duad er auch noch mit. Weil ich eben allaweil zguat bin, aber euch werd ich noch helfen, Kreuzteufi nei nochamal. *Sie geht ab und schlägt wütend die Tür hinter sich zu. Meister und Lehrbub machen sich wieder an die Arbeit.*

1.KUNDE: Grüß Gott, Herr Schreinermeister, ich hätt da einen Sitz zum Reparieren.

MEISTER: Grüß Gott, was möchtens denn?

1. KUNDE: Ich hätt da einen Klosettsitz zum Reparieren.

MEISTER: Reparieren? Der is ja so ganz gut.

1. KUNDE: Ja i bin der Hausmeister von Nr. 27, und da schickt mich der Hausherr rüber, Sie solln den Sitz da größer machen, weil ...

MEISTER: Größer machen? Ja warum denn?

1. KUNDE: Ja weil – weil – da is de Tag a neue Partei bei uns einzogn und ...

MEISTER: Was und?

1. KUNDE: Ja und da is die Frau – des is a direkte Bavaria, so korpulent, und da wenn sich die Frau ...

MEISTER: Um wieviel soll er denn breiter werdn?

1. KUNDE: Ja mei, des woaß i aa net, i denk halt ungefähr a so a Stück.

MEISTER: Ja ungefähr nützt mich gar nichts, i muaß's genaue Maß haben.

1. KUNDE: Ja mei, Sie könna schließlich net von mir verlanga, daß i von dera Frau ihrn Ding 's Maß nimm.

MEISTER: Dann geh i halt mit Ihnen gleich zu der dicken Frau nüber und nimm von der Frau ihrm Rückgebäude gleichs Maß.

LEHRBUB: Moaster, darf ich mitgehn? Bittschön, Moaster, bittschön, bittschön!

MEISTER: Brauchst net bitten, kriagst as aa so. *Haut ihn.* So dir helf i! *Im selben Moment hört man von draußen Scherbengeklirr.* Was war jetzt des, jetzt hams uns a Fenster eighaut! *Sie schauen zur Türe hinaus.* Was isn los da heraus?

2. KUNDE: Die lange Stange soll zu Eahna nei. *Zuerst wird das Werkstattfenster eingeschlagen, dann die Oberlichter, jeder hilft mit, endlich liegt die Stange auf der Hobelbank.* Herrschaft, des war jetzt so a Viechsarbeit!

MEISTER: No, des hat lang dauert, bis ma de reibracht ham.

LEHRBUB: D'Hauptsach is, daß mas reibracht ham, mit vereinten Kräften geht alles.

MEISTER: Also was soll dann an dera Stanga gmacht werdn?

2. KUNDE: I kumm jetzt mit der Stange bis von der Bayerstraße, der Herr Hamberger schickt mich her, die Stange soll so weiß und blau gstrichn werdn, aber mit einer gutn Ölfarb, daß lang halt.

MEISTER: Was? Angstrichen solls werdn? Ja da müssens doch zu an Maler gehn, aber net zu mir, i bin doch a Schreinermoaster.

2. KUNDE: San Sie net der Malermeister?

MEISTER: Ja woher!

2. KUNDE: Aber Sie san doch der Herr Bertenbreiter?

MEISTER: Der Bertenbreiter is im andern Hof, des is der Maler und i hoaß Huber.

2. KUNDE: Na hab i de zwei Namen verwechselt.

MEISTER: Ja, de werdn oft verwechselt.

2. KUNDE: So, Sie san der Huber, also na könnas Sie net streicha?

MEISTER: Na! Schaugns, daß nauskomma mit dera Stanga, aber so schnell als möglich.

2. KUNDE: So schnell als möglich werd des net geh, denn Sie wissen doch, wie lang ma braucht ham, bis mas reibracht ham.

I. Akt

1. Szene

Ein Raum in Ritter Unkensteins Burg zu Grünwald. Unkenstein und seine Tochter Kunigunde sitzen an einem Tisch.

UNKENSTEIN: Ja, liebe Tochter, es hat sich viel verändert in Grünwald, in der Zeit wo du fort warst. Der Rodenstein auf seiner Burg Schwaneck, der macht mir die Hölle heiß! Dieser Lump!

KUNIGUNDE: Aber Vater! Das kann ich nicht glauben!

UNKENSTEIN: Doch, liebe Tochter. Der Rodenstein hat mir die Sache eingebrockt, mit dem Zoll und mit den Flößern. Da kann einem ja der Helm hochgehen!

KUNIGUNDE: Was war denn da mit den Flößern?

UNKENSTEIN: Seit fünfzig Jahren verlangt der Rodenstein auf seiner Burg Schwaneck den Zoll von den Flößern, und an meiner Burg Grünwald fließt doch die Isar zuerst vorbei, also hätte ich zuerst das Recht, den Zoll zu verlangen, aber der Rodenstein, dieser Lump, ist mir zuvorgekommen und ich kann jetzt durch die Finger schauen!

KUNIGUNDE: Ja, Vater, jetzt ist es zu spät! Da hättet Ihr Euch früher rühren sollen!

UNKENSTEIN: Das verstehst du nicht, mein Kind. Rühren, rühren – ich habe mich die ganze Zeit gerührt, aber was soll ich denn machen? Ich kann doch nicht die ganze Isar aussaufen oder zumauern lassen, nur wegen diesem Schurken, dem Rodenstein. Ich habe alles versucht, ich habe sogar eine Eingabe gemacht.

KUNIGUNDE: Hat sie etwas genützt, Vater?

UNKENSTEIN: Sie wurde abgelehnt, und warum? Nur weil der Rodenstein gegen mich hetzt. Alle Ritter im Isartal hat er gegen mich aufgehetzt. Die Großhesseloher, die Menterschwaiger, die Harlachinger, die Pullacher. Und was war am vorigen Sonntag? Der Thalkirchner reitet an mir vorbei, wie wenn er mich gar nicht kennen würde. Nicht mal gegrüßt hat er mich und das habe ich alles dem Rodenstein zu verdanken, diesem Halunken! Aber ich werde es ihnen schon zeigen, wo der Bartl den Most holt!

2. Szene

Recke Heinrich (Karl Valentin) tritt auf und stellt sich hinter Unkenstein.

UNKENSTEIN: Was ist los?

HEINRICH: Nix! I hab bloß fragn wolln, ob was los ist.

UNKENSTEIN: Da fragst du mich? Ich frage dich, was du bisher getan hast.

HEINRICH: Net viel. Den Burghof hab i zamkehrt und der Köchin hab i a Milli gholt, sonst weiß i nix! Ja, und auf der Bärenjagd war i.

UNKENSTEIN: Das ist doch Weiberarbeit. Ich möchte wissen, ob du etwas erspäht hast!

HEINRICH: Na, nix … ja, doch! Etwas hab i erspäht. Vor unserer Burg neben dem Weg liegen so Haufen herum.

UNKENSTEIN: Schweinerei! Das haben wieder diese Hunde getan.

HEINRICH: Keine Hunde. Menschenhäufa sinds, direkte Menschenhäufa.

UNKENSTEIN: So, das auch noch! Sofort wegräumen! Einen Besen und Schaufel, und wegräumen! Ich laß mir nicht nachsagen, daß vor meiner Burg die Häufen umherliegen, damit jeder dreinsteigt.

HEINRICH: De kann i doch net wegräumen, Menschenhäufn sind es doch!

UNKENSTEIN: Ja, soll ich sie vielleicht wegräumen? Das ist deine Arbeit!

HEINRICH: De kann i allein net wegräumen … Menschenhaufn, a Haufn Menschen, mein i doch, a ganzer Haufen Menschen sind vor der Burg.

UNKENSTEIN: Was? Volk vor meiner Burg?

HEINRICH: Ja, Volk, Gesindel, Wegelagerer oder Räuber.

UNKENSTEIN: So! Hast du sie erkannt?

HEINRICH: A woher! I kenn doch kein solches Gesindel!

UNKENSTEIN: Hast du irgend etwas gehört?

HEINRICH: Ja, ghört hab i schon was. Da stimmts schon lang nimmer. Unlängst war ich im Maibräu und da sind die anderen Knappen und Recken beinand gwesn und da hab i so ghört, wies gredt ham. I habs net recht verstanden, habns vom Rotwein gredt oder vom Rodenstein?

UNKENSTEIN: Rodenstein! Das ist es. Ich hab es ja gewußt, daß da etwas nicht stimmt! *Zu Kunigunde.* Siehst du, liebe Tochter, ich hab es gewußt! Na, ich werde mich persönlich überzeugen. Ich steige auf den höchsten Turm und luge in das Land.

HEINRICH: Ja, lugns nur, vielleicht derlugens was.

UNKENSTEIN: Und du, Recke Heinrich, siehst in der Waffenkammer nach, ob alles da ist.

HEINRICH: Oh, da schauts bös aus! A Haufa Lanzen sind abbrochn, die Säbeln sind ganz verrostet und die Kanonenkugeln ghörn aa wieder amal abgstaubt, sunst wans wirklich aufgeht und mir schiaßn mit de Kugeln, sagt dann da Feind, mir sind Drecksäu!

UNKENSTEIN: Also, das muß alles gerichtet werden, dann steigst du auf den kleinen Ostturm und spähst auch da hinunter und meldest mir jede Kleinigkeit. Verstanden? *Zu Kunigunde.* Ängstige dich nicht, mein Liebling, ich komme gleich wieder. *Er küßt sie auf die Stirn. Zu Heinrich.* Na?

HEINRICH *Dreht sich um*: Servus.

UNKENSTEIN: Wie heißt das, Kerl? *Heinrich steht stramm. Unkenstein ab.*

3. Szene

HEINRICH: Heut ist er wieder grimmig, was hat er denn?

KUNIGUNDE: Ich weiß es nicht, ich kenne mich nicht aus. Vom Zoll und den Flößern hat er etwas gesagt und vom Rodenstein. Kannst du mir das nicht erklären, Heinrich?

HEINRICH: Ja mei, Fräun Kuni, das is schon a alte Gschicht. Ihr Vater ist bös, weil der Rodenstein den Zoll schon fuchzig Jahr verlangt und Ihr Vater hat nix, aber er stinkt eahm schon länger. Eahna Vater is einmal vorm Rodenstein seiner Burg vorbeigerittn und da hat dem Rodenstein sein Bua auf Ihren Vater sein nagelneuen Panzer an Schneeballn hingworfen, direkt mitten auf die Brust.

KUNIGUNDE: Aber Heinrich, das kann ihm doch nicht weh getan haben.

HEINRICH: Weh net, aber prellt hats ihn und deswegn ärgert er sich heut noch. – Seit Sie weg warn von Grünwald, is überhaupt nimmer auszuhalten mit Ihrem Vater. Die ganzen neun Monat, wo Sie weg warn, is er schon so grantig. – Des is jetzt aa guat, daß Sie grad neun Monat fort warn. Unsere ganzen Knappen habn schon immer gredt deswegen, das is so komisch, habns gsagt, daß Sie grad neun Monat fort warn – net zehn Monat und net acht, grad neun Monat. Fort sinds wie a Blutorange und heimkommen sinds wie a unbachenes Laibl, wie a Pfund Kas, so bleich.

KUNIGUNDE: Ach, Heinrich! Haben die nichts anderes zum Reden gehabt?

HEINRICH: Wahrscheinlich net!

KUNIGUNDE: Und was denkst du darüber, Heinrich?

HEINRICH: Dasselbe.

KUNIGUNDE: O Heinrich! Du kennst mich ja schon, seit ich auf der Welt bin. Heinrich! Dir kann ich es ja verraten ... ich hab wirklich ein Kind!

HEINRICH: Ja freilich! Is doch so!

KUNIGUNDE: Ich habe es auch noch dabei ... droben im großen Turm.

HEINRICH: So, Sie habens dabei, ja, wie haben Sies denn in die Burg hereingebracht?

KUNIGUNDE: Deine Schlamperei hat mir geholfen, weil du vergessen hast, die Zugbrücke hochzuziehen.

HEINRICH: Und jetzt habn Sies am Turm oben – auf unserm großen Turm? Ja, das is ja feucht oben, das wird Eahna ja hin, wanns das a paar Wochen da oben habn, fangts Eahna ja zum Grawln an – das kriegt ja an Hausschwamm!

KUNIGUNDE: Aber Heinrich, rede doch nicht so dumm. Es ist nur schade, daß das deine Frau nicht aufziehen kann.

HEINRICH: Mei Frau? Warum denn net, die ziehts schon auf. Der gebns a paar Taler und die ziehts auf, de hat ja mi aa aufzogn ... a, na, mi net!

KUNIGUNDE: Aber Heinrich! Deine Frau ist doch schon tot.

HEINRICH: Was? Mei Frau? Na!

KUNIGUNDE: Doch Heinrich! Schon seit zehn Jahren ist deine Frau tot.

HEINRICH: Was?! Mei Frau is tot? Ja, daß die mir nie was gsagt hat davon! Drum hab i de schon so lang nimmer gsehn.

KUNIGUNDE: Ich weiß nicht, was ich nun machen soll.

HEINRICH: Ja, wie is des ... in der Stadt drinn habns das Kind geborn? Ja, und wer is der Bohrer? Ah, da Vater, wollt i sagn.

KUNIGUNDE: Das ist es ja, was ich nicht sagen kann! Das einzig Nette ist, daß es ein Bub ist.

HEINRICH: A Bub is? Aber da hat Ihr Vater die größte Freud!

KUNIGUNDE: Um Gottes willen! Mein Vater darf es überhaupt nicht erfahren!

HEINRICH: Warum denn net? Der hat die größte Freud, er hat doch immer gsagt, wenn nur amal mei Kuni heiraten tät, damit ein Erbe ins Haus käme, wenn i mal abkratz, daß wer mei Burg übernimmt! Das muß ich ihm gleich erzähln.

KUNIGUNDE: Heinrich, um Himmels willen, bleib da! Mein Vater darf das nicht erfahren! Überhaupt kein Mensch! Ich bin ja nicht verheiratet!

HEINRICH: Das is Wurscht.

KUNIGUNDE: Nein, Heinrich, das ist nicht Wurscht. Du darfst es keinem Menschen sagen. Verstanden?!

HEINRICH: Ja, und wer is jetzt eigentlich der Vater?

KUNIGUNDE: Das kann ich nicht sagen, Heinrich.

HEINRICH: Mir können Sies schon sagen, Fräun Kunigunde. Kenn ich ihn?

KUNIGUNDE: Freilich kennst du ihn, aber ich sag es nicht!

HEINRICH *sinnt nach*: Wer könnt des jetzt sein? *Pause.* I bins fei net. Aber i weiß schon, wers is. Wie hat er denn gheißen ... von Ismaning ... der Ritter Lenz, glaub i, der mit dem roten Spitzbart, is der?

KUNIGUNDE: Aber nein, Heinrich, der ist es nicht!

HEINRICH: Der ist es nicht? Hats Kind an roten Spitzbart?

KUNIGUNDE: Aber Heinrich, rede nicht so dumm, das errätst du nie! Gib mir lieber dein Ehrenwort, daß du nichts verrätst.

HEINRICH: Das könnens schon habn. Also, wer is?

KUNIGUNDE: Der Rodenstein.

HEINRICH: Was?! Wie?! Der Rodenstein – auf Burg Schwaneck? Na, das gibts net – Fräun Kuni, das kann net sein – da täuschns Eahna.

KUNIGUNDE: Aber Heinrich, ich werde doch wissen, wer der Vater ist!

HEINRICH: Der Rodenstein? O du mein lieber Meingott – ja, was is des! Fräun Kuni, was habns da gmacht! Wie können Sie sich so vergessen! Der Rodenstein, von Eahnen Kind der Todfeind, von Eahna Todfeind das Kind. Wenn das Ihr Vater erfahrt, der laßt Sie dreimal köpfen, der laßt Sie aufspießen wie an Stöckerlfisch, der laßt Sie in der Folterkammer strecken, daß nur mehr in einer Kegelbahn übernachten können.

KUNIGUNDE: Sonst weißt du mir keinen Rat als das?

HEINRICH: Ja mei, was soll ma denn da sagn?

4. Szene

Unkenstein kommt herein.

UNKENSTEIN *zu Heinrich*: Na, was stehst du hier noch rum? Deinen Rapport!

HEINRICH: Ja freilich. Interessiert Eahna das?

UNKENSTEIN: Lache nicht! Antworte mir: Deinen Rapport will ich wissen!

HEINRICH: Zweimal glaub i.

UNKENSTEIN: Was soll das heißen, Kerl?

HEINRICH: Ja, i hab Eahna net recht verstanden – was meinens?

UNKENSTEIN: Deinen Rapport will ich hören.

HEINRICH: Ach so, Rapport. Das is was anders.

UNKENSTEIN: Ich meine, ob du etwas erspäht hast?

HEINRICH: Ja, ich hab schon gspäht, aber es war schon z'spät zum Spähn, drum hab i nix mehr erspäht, aber da herinn hab i was erspäht.

UNKENSTEIN: Hier herinnen? Was? *Kunigunde gibt Heinrich einen Stoß.*

HEINRICH: Nix, gar nix!

UNKENSTEIN: Eben sagtest du doch, du hast etwas erspäht.

HEINRICH: A woher, das war nur a Gspaß.

UNKENSTEIN: Laß diese Witze! Antworte mir! *Er sieht, daß Kunigunde Heinrich am Ärmel zupft.* Was soll das heißen? Hat meine Tochter Heimlichkeiten vor mir?

KUNIGUNDE: Aber nein, lieber Vater.

UNKENSTEIN *zu Heinrich*: Du steigst jetzt auf den Turm und spähst abermals! Führe meinen Auftrag genau aus, sonst hole ich mir deinen Kopf!

HEINRICH: Da habns schon was davon. *Heinrich geht brummend ab.*

5. Szene

UNKENSTEIN: Also, ich möchte nicht erfahren, daß meine Tochter Heimlichkeiten hat hinter meinem Rücken – sonst werde ich tückisch.

KUNIGUNDE: Es ist wirklich nichts, lieber Vater. Hast du etwas erspäht?

UNKENSTEIN: Ja, es sind Reiter vor meiner Burg. Aber die Kerle sind zu weit weg, ich kann sie nicht erkennen.

KUNIGUNDE: Aber du siehst, lieber Vater, der Rodenstein ist bestimmt nicht dabei.

UNKENSTEIN: Ach, dabei oder nicht dabei, auf jeden Fall ist er derjenige, der hetzt. Aber diese Kerle sollen es nur wagen, meine Burg anzugreifen. Mit blutenden Köpfen schicke ich sie von dannen.

6. Szene

Heinrich kommt aufgeregt zurück.

HEINRICH: Sie! De kommen schon, a ganzer Haufen sind beinand! Von alle Seiten kommens.

UNKENSTEIN: Sind sie bewaffnet?

HEINRICH: Freilich! Unzählige Lanzen habns dabei, ja fast noch mehr, und Kanonen, mindestens zwanzig Stück, ja, was sag i, fast neunzehn – und zwei Fasanerietrompeten und a paar Mundharmonikabläser ...

UNKENSTEIN: Was? Zwanzig Kanonen haben die?

HEINRICH: Ja, und mir habn nur eine und die ist kaputt und dann ist von unserer Kanone der Schlund nach vorn hingerichtet und de kommen aber von arschlings!

UNKENSTEIN: Von Arschlings? Das Dorf kenn ich ja gar nicht, das liegt doch nicht im Isartal?

HEINRICH: Arschlings! Das ist doch kein Dorf, das ist doch ein Fachausdruck. Arschlings heißt von hintenwärtsher, von hintenherwärts.

UNKENSTEIN: Ach so! Die kommen von rückwärts. Dann muß die Kanone sofort umgedreht werden nach Dings, nach arschlings!

HEINRICH: Nachher bricht's uns ganz zusammen, das eine Radl ist schon ganz faul.

UNKENSTEIN: Also, das muß auch sofort gemacht werden.

HEINRICH: Ja und im Rohr is a Schwalbennest drin.

UNKENSTEIN: So ein Saustall!

HEINRICH: Na, kein Saustall, a Schwalbennest.

UNKENSTEIN: Blödsinn! Also sofort die Kanone richten, dann die Zugbrücke hochziehen, den Burggraben vollaufen lassen, einen Kessel voll Pech sieden, meinen Helm und mein Schwert. Wiederholen!

HEINRICH: Was habns gsagt? Das is so schnell gangen, i bin net mitkommen.

UNKENSTEIN: Du sollst wiederholen!

HEINRICH: Wiederholen? Was soll ich wiederholen? I hab ja noch nix gholt.

UNKENSTEIN: Meinen Befehl sollst du wiederholen, den ich dir eben gegeben habe.

HEINRICH *suchend*: Mir habens an Befehl gebn? Wo hab i denn den hingelegt?

UNKENSTEIN: Du Schafskopf, du sollst meinen Auftrag wiederholen, was du zu tun hast!

HEINRICH: Ja, das kann i mir net alles auf einmal merken.

UNKENSTEIN: Paß doch auf, Kerl! Sind deine Ohren verstopft?

HEINRICH: I weiß net, i seh net nein.

UNKENSTEIN: Mein Gott, ist der Kerl blöd! *Er wiederholt den ganzen Befehl, Heinrich sagt alles verkehrt nach.*

HEINRICH: I werds schon richtig machn. Und an Helm soll i bringen – welchen Helm? Den Feuerwehrhelm?

UNKENSTEIN: Meinen Streithelm!

HEINRICH: Ach so, diesen wollns, weil da Dings, da Wil-Helm wäre aa grad da.

UNKENSTEIN: Raus!!! *Heinrich geht eilig ab.*

7. Szene

UNKENSTEIN: Diese Halunken wagen es tatsächlich, meine Burg anzugreifen. Na, denen werde ich es zeigen. Ich werde einen genialen Schlachtplan entwerfen. Reiche mir die Landkarte, liebe Tochter.

8. Szene

Während Kunigunde die Landkarte holt, kommt Heinrich mit dem Helm und Schwert zurück.

HEINRICH: So! Da is 's Sach. Passens auf, daß Eahna keinen Schiefer einziehn! *Er gibt Unkenstein das Schwert und setzt ihm den Helm auf das Barett.*

UNKENSTEIN: Na, was treibst du denn da?

HEINRICH: Haltaus! Das geht ja net. Sie habn d' Pelzhaubn noch auf. *Er setzt ihm Helm und Barett ab.* Sie, da sieht ma Eahna Gummischnürl von Eahnan Bart. *Er setzt ihm den Helm verkehrt herum auf.*

UNKENSTEIN: Nun, liebe Tochter, jetzt werde ich dir zeigen, wie man einen genialen Schlachtplan entwirft. *Heinrich hat sich aber inzwischen schon über den Plan gebeugt.*

HEINRICH: Also, mir werden das am besten so machen ... mir gehen her ...

UNKENSTEIN *wütend*: Schweig!

HEINRICH: Mir gehen her und machen das so ... weil de anderen ... drum müssen mir ...

UNKENSTEIN *noch wütender*: Schweig!!

67

HEINRICH *blickt Unkenstein erstaunt an*: Menterschwaig? Das liegt da ...

UNKENSTEIN: Du sollst schweigen, Kerl!!

HEINRICH: Sind Sie doch net so, a anderer hat aa eine gute Idee.

UNKENSTEIN: Du sollst dein ungewaschenes Maul halten! Verstanden?! Ich entwerfe meinen Kriegsplan allein! *Heinrich geht murrend beiseite.*

UNKENSTEIN *zu Kunigunde*: Hier liegt meine Burg Grünwald, hier ist Harlaching. Die können durch den Wald nicht durch, weil ...

HEINRICH *zeigt mit dem Finger auf die Karte*: Wenns aa durch den Wald net durch können, aber über die Isar ...

UNKENSTEIN *haut mit der Hand auf den Tisch*: Du sollst dein Maul halten, Kerl! *Diese Szene wiederholt sich einige Male, bis Unkenstein schreit.* Hebe dich von dannen! Sieh lieber nach, was der Feind macht.

HEINRICH *geht zum Fenster*: Gut, mir is recht, aber i bin fei net schuld, wenns schiefgeht. *Er trinkt aus einem Glas, das auf ein Stück Pappe gemalt ist, schaut aus dem Fenster, während Unkenstein weiterhin Kunigunde den Plan erklärt. Plötzlich dreht sich Heinrich erschrocken um.* Herr Ritter, de kommen schon, und an der Spitze, wissens, wer an der Spitze der Heerscharen ...

UNKENSTEIN: Halt dein Maul! Störe mich nicht!

HEINRICH *aufgeregt*: Ja, aber an der Spitze, wissens, wer an der Spitze ...

UNKENSTEIN: Das ist mir Wurscht, verstanden!

HEINRICH: Das ist keine Wurscht, wanns a Wurscht wär, wärs eh gut, aber es is doch da ...

UNKENSTEIN: Donnerwetter, Kerl, laß mich zufrieden mit deinem Gepappel. Laß sie doch kommen, diese Hunde, ich fresse sie, einen wie den anderen!

HEINRICH: Ach so! Die solln kommen, ja das is was anderes. *Aus dem Fenster rufend.* Kommts nur! Kommts nur! Nur eini! Kommts nur!

UNKENSTEIN *zu Kunigunde*: Und hier an dieser schmalen Stelle werden wir sie überraschen und vernichten. Hier beginnen wir den Kampf. *Er beginnt zu singen, Kunigunde und Heinrich fallen in den Gesang ein.* Auf in den Kampf ihr Ritter, Stolz in der Brust, siegesbewußt ... *Ein Schuß ertönt, Fenster klirren, eine Kanonenkugel fliegt auf die Bühne. Alle erschrecken und reden durcheinander.*

UNKENSTEIN: Was war das? Was ist geschehen?

HEINRICH *hebt die Kugel auf*: Gschossen habns mit einer Kanonenkugel, da schauns her. *Er wirft die Kugel von einer in die andere Hand, bevor er sie auf den Tisch legt.* Die is noch ganz heiß. Bei der Tür habns reingschieß, reingschossen, die Sauhund! Weils aa alleweil 's Haustürl offen laßts! Da tun sich de leicht, wenns gleich bei der Haustür reinschießn können. *Er riecht an der Kugel.* Das is a Rodensteinkugel, das riech i.

UNKENSTEIN UND KUNIGUNDE: Wieso vom Rodenstein?

HEINRICH: Das kenn i an der Rundung, das ist eine Rodensteinkugel.

UNKENSTEIN: Kerl, wieso ist das eine Rodensteinkugel?

HEINRICH: Der Rodenstein is ja an der Spitze der Heerscharen, aber Sie haben mich ja net ausreden lassen.

UNKENSTEIN *stürzt ans Fenster*: Tatsächlich, da reitet er, mein Todfeind. Hahahaha!!! *Er wendet sich Kunigunde zu, die zu schluchzen begonnen hat.* Was schluchzest du, liebe Tochter?

HEINRICH: Jetzt wirds gscheckert!

UNKENSTEIN: Du brauchst nicht weinen, liebe Tochter. Auch Rodenstein, diesen Schurken, werde ich vernichten, und du, als meine tapfere Tochter, ziehst mit mir gegen den Feind. Ich werde dir den Falben aus dem Stall holen, und du reitest. *Mit heroischer Geste streckt er wiederholt den Arm, den Heinrich jedesmal hinunterdrückt.* Zum Teufel auch! Laß sie doch reiten! *Zu Kunigunde.* Du reitest an meiner Seite gegen meinen Feind, wie die Jungfrau von Orleans!

HEINRICH: Ist ja keine mehr.

UNKENSTEIN: Was sagtest du da?

KUNIGUNDE: Vater, ich bitte, hört mich an. Ich muß Euch ein Geheimnis anvertrauen.

UNKENSTEIN: Ein Geheimnis? Papperlapapp! Ein Geheimnis, wenn du es mir anvertraust, ist kein Geheimnis mehr. Ich habe keine Zeit. Ich muß in den Schlachthof, in den Burghof wollt ich sagen, zur Schlacht!

KUNIGUNDE: Vater, ich muß es Euch anvertrauen, hört mich an!

UNKENSTEIN: Gut! Aber beeile dich, liebe Tochter, ich habe wenig Zeit.

KUNIGUNDE: Vater – ich habe ein Kind. *Unkenstein ist wie gelähmt.*

HEINRICH: So! Jetzt ists heraus, zum zweitenmal.

UNKENSTEIN: Was war das? Hat mich mein väterliches Ohr betrogen?

HEINRICH: Na, na. Es stimmt schon.

UNKENSTEIN: Was! Meine Tochter hat ein Kind? Ein außereheliches Kind? Du bringst Schande über meine Burg! *Er stützt sich auf den*

Tisch, mit einer Hand aber versehentlich auf die noch immer glühende Kanonenkugel, und er schreit auf vor Schmerz.

HEINRICH: I habs Eahna aber gsagt, daß die frisch abgschossen is, oder meinen Sie, die schießen mit Eiskästen?

UNKENSTEIN: Diese Schande! Das gibt zu verdauen!

HEINRICH *Unkenstein ins Ohr flüsternd*: Aber es ist a Bub, ein Bub ist es, ein Bub!

UNKENSTEIN: Ein Knabe!

HEINRICH: Ein Knabe ist ja ein Bub. Das war schon lange Ihr Wunsch, einen männlichen Erben. Na, und jetzt habens einen! Freuen solln Sie sich jetzt.

UNKENSTEIN: Ja! Ich habe mir schon immer einen Erben gewünscht. Gut, ich will diesmal Gnade für Recht ergehen lassen. Wir sprechen später darüber.

HEINRICH *zu Kunigunde*: Na, sehns, i habs ja gewußt, daß er a Freud hat, Eahna Vater, brauchens net traurig sein.

UNKENSTEIN *zu Kunigunde*: Aber der Vater dieses Kindes?

HEINRICH: Jetzt wirds greußlich, i geh, i kündige mir gleich selber, pfüa Gott.

UNKENSTEIN: Hierbleiben! Du harrest noch meiner Befehle. *Heinrich steht stramm. Zu Kunigunde.* Der Vater des Kindes, ist das ein edler Ritter?

KUNIGUNDE *schluchzend*: Ja, Vater.

UNKENSTEIN: Gut, hole ihn hieher!

HEINRICH: Er kommt so gleich.

UNKENSTEIN: So, er kommt? Das freut mich.

HEINRICH: Oha! Des glaub i net!

UNKENSTEIN: Wenn er kommt, gebet ihm Salz und Brot und einen kühlen Trunk und saget ihm, er muß an meiner und ihrer Seite in die Schlacht ziehen, gegen meinen Todfeind, gegen Rodenstein.

KUNIGUNDE *fällt auf die Knie*: Nein, Vater! Verlange das nicht, das geht nicht!

HEINRICH: Na, das geht doch net!

UNKENSTEIN: Dann soll er reiten, wenn er nicht gehen kann! Mein Schwiegersohn muß gegen meinen Feind ziehen!

KUNIGUNDE: Vater! Er ist ja bei den Feinden dabei!!!

UNKENSTEIN: Waas? Mein Schwiegersohn ist bei meinen Feinden?

HEINRICH: Ja! Das ist ja das Komische!

UNKENSTEIN *zu Kunigunde*: Wie heißt dieser Geruchlose?

KUNIGUNDE: Ich kann es nicht sagen, Vater.

UNKENSTEIN: Ich frage dich nochmals, wie heißt dieser Kerl? Weißt du es?

HEINRICH: I wisserts schon.

UNKENSTEIN: Du weißt, wie der Kerl heißt?

HEINRICH: Ja ... aber i sags net!

UNKENSTEIN: Nenne mir sofort seinen Namen!

HEINRICH: Ha! ... Da werdens alt und schierlig, brauchens also nur mehr alt werden. *Unkenstein geht langsam auf ihn zu, bis er mit seiner Nase an die Heinrichs stößt. Heinrich nimmt die Brille ab, an der die Nase hängt.* Jetzt habens mir a Dulln eini gmacht, in mei Nasen. *Er setzt die Nase wieder auf.* I sags net, auf keinen Fall.

UNKENSTEIN: So, du willst es also nicht sagen. Gut, ich zähle bis drei!

HEINRICH: Sinds net so kindisch.

UNKENSTEIN: Eins! Zwei! Drei! *Er zieht sein Schwert und begibt sich in Fechterstellung. Gleichzeitig zieht Heinrich sein um die Hälfte kürzeres Schwert und beginnt mit Unkenstein zu fechten, bricht den Kampf aber nach kurzer Zeit ab und verlangt einen Tausch der Schwerter.*

UNKENSTEIN: Hier, dieses Schwertes Spitze stoß ich dir in deinen mageren Leib.

HEINRICH: Ja freilich! Tuns des Ding weg! Wie oft is schon was passiert durch so eine Dummheit.

UNKENSTEIN: Die stoß ich dir in deinen mageren Leib, daß du dich in deinem Blute wälzt!

HEINRICH: So! Wo i so blutarm bin.

UNKENSTEIN *setzt Heinrich das Schwert auf den Leib*: Wie heißt der Kerl?

HEINRICH *faßt sich an den Rücken, um zu prüfen, ob ihn das Schwert bereits durchstoßen hat*: I kanns net sagen! *Er heult auf wie ein Hund.*

UNKENSTEIN: Sag den Namen oder ich stoße zu.

HEINRICH *heult noch einmal entsetzlich auf*: Rodenstein. *Unkenstein erstarrt.*

UNKENSTEIN: Waaas?! Rodenstein, mein Todfeind?!! *Er packt Heinrich an der Brust.* Kerl, hast du mir auch die Wahrheit gesagt?

HEINRICH *weinerlich*: Jawohl.

Vor Wut aufschreiend springt Unkenstein zweimal in die Höhe und landet mit derartiger Heftigkeit auf dem Fußboden, daß Heinrich beide Male ein wenig nach oben geschleudert wird. Dann schaut Heinrich Unkenstein grimmig an, fletscht die Zähne und knurrt.

UNKENSTEIN: Du Schandweib! Einmal hast du dich vergessen!

HEINRICH: Sinds doch net so! Einmal ist keinmal!

UNKENSTEIN: Recke Heinrich – hierher!

HEINRICH *zu Kunigunde, die ihn zurückhalten will*: I komm glei
wieder, Fräulein Kuni. *Er steht vor Ritter Unkenstein stramm.*
UNKENSTEIN: Recke Heinrich! Du bürgst mir mit deinem armseli-
gen Kopf, daß du meine Befehle ausführst. Verstanden?! Packe
dieses Weib, lege sie in Ketten! Packe sie! *Heinrich packt Kunigunde, wobei er seine Hand klatschend auf deren Hintern legt.*
Werfe dieses Schandweib in den Kerker, lege sie in Eisen! Im
zweiten Akt lasse ich sie hinrichten.
*Kunigunde schreit fürchterlich auf und wird von Heinrich abge-
führt.*

II. Akt

1. Szene

UNKENSTEIN: Ha! Der Wind pfeift durch die Zinnen meiner Burg.
Fürwahr, ein schauriger Morgen bricht an. Und dennoch! Hier an
dieser hundertjährigen Stätte, wo meine Tochter das Licht der
Welt erblickte, soll sie ihr sündhaftes Leben verhauchen. Noch
ehe die Sonne den neuen Tag verkündet, noch ehe die Fehde vor
meiner Burg beginnt, will ich ihr Haupt zu meinen Füßen rollen
sehen. *Ferner Trommelwirbel.* Ha! Es naht schon der Henkerszug. Dumpfer Trommelwirbel dringt an mein Ohr. Wohlan,
heute muß diese Schmach gerochen werden.

2. Szene

Recke Heinrich, der Scharfrichter, Trommler und Pfeifer treten auf.
HEINRICH: Melde gehorsamst, der Henkerszug ist eingetroffen!
UNKENSTEIN: Sage dem Scharfrichter, er möge seines Amtes walten!
HEINRICH *zum Scharfrichter*: Du möchtest deines Amtes walten!
*Der Scharfrichter schüttelt den Kopf und redet leise auf Heinrich
ein.* Na! Ja is das auch möglich?
UNKENSTEIN *stößt Heinrich mit dem Schwert in den Hintern*: Na,
was zögert ihr?
HEINRICH: Moment! *Er macht kehrt und meldet.* Der Scharfrichter
weigert sich, er kann die Fräulein Kunigunde net hinrichten!
UNKENSTEIN: Waas? Der Kerl weigert sich?

HEINRICH: Ja. Er sagt, er kennt die Kuni schon so lang, schon als
kleines Kind hat er sie kennt und er bringt es nicht übers Herz, i
kanns aa verstehen, aber trotzdem is es feig. *Zum Scharfrichter.*
Du feiger Hund, du feiger! Was bist denn nachher a Scharfrichter
worden, wannst keine Leut umbringen kannst, das hättst dir ja
gleich denken können, daß du keine Ameisen zertreten mußt,
sondern Leut umbringen, scham dich – wärst a Schweinemetzger
worden!

UNKENSTEIN: Recke Heinrich! Jage diese Memme von meiner Burg,
bespeie ihn!

*Heinrich packt den Scharfrichter, wirft ihn hinaus und spuckt ihm
nach.*

3. Szene

UNKENSTEIN: Und das will ein Scharfrichter sein!

HEINRICH: A Stumpfrichter is er! Jetzt hamas! Jetzt haben wir
keinen Scharfrichter mehr. Jetzt san ma extra um halber fünfe
aufgestanden, umsonst und das Richtschwert hat er auch noch
mitgenommen, der Bazi. Jetzt könnens Eahnam Kind den Kopf
abbeißen!

UNKENSTEIN: Das kann mich nicht hindern!

HEINRICH: Net den Hintern – den Kopf mein ich.

UNKENSTEIN: Dann lasse ich meine Tochter in den Hungerturm
werfen!

HEINRICH: Das geht net, da ist unser ganzer Proviant drinnen, die
frißt sich ja deppert da drinnen.

UNKENSTEIN: Dann lasse ich meine Tochter von der höchsten Zinne
meiner Burg in die Tiefe stürzen!

HEINRICH: Das geht aa net, da bleibts uns schließlich an einem
Telefondraht hängen und dann kriegen wirs nimmer runter.

UNKENSTEIN: An was bleibt sie hängen?

HEINRICH: An an Telefondraht.

UNKENSTEIN: Telefondraht? Was ist das?

HEINRICH: Na, Sie werden doch an Telefondraht kennen ... Telefondraht ... a, haltaus, den gibt es erst in fünfhundert Jahren, der
wird erst erfunden.

UNKENSTEIN: Verdammt! Heute geht überhaupt nichts!

TROMMLER: Dann laßt sie erschießen, edler Herr.

HEINRICH: Halt doch du dei Maul, er kann doch mit seim Kind
machen, was er will.

UNKENSTEIN *zum Trommler*: Erschießen? Du Tropf! Dieses Schandweib ist keinen Schuß Pulver wert!

HEINRICH: Dann gibts nichts anders und das wäre für Eahna das einfachste und billigste und für sie das beste – begnadigen!

UNKENSTEIN: Waas? Begnadigen? Du elender Wurrrrm!

HEINRICH *entrüstet*: Na na na na!

UNKENSTEIN: Ich will sie tot sehen! Ich werde sie hängen lassen! An den Galgen mit ihr!!!

HEINRICH: Ja, den Galgen haben wir auch nimmer, den hamma letzten Winter zusammengeschnitten, wies so kalt war, weil ma koa Brennholz ghabt habn.

UNKENSTEIN: Dann lasse ich sie erwürgen, erdrosseln!

HEINRICH: Ja, das geht. Den Würgnagel haben wir noch, da sind schon Hunderte dran baumelt, des geht, aber wer solls machen, wenn ma keinen Scharfrichter haben?

UNKENSTEIN: Ich habe einen Scharfrichter – Trommler!

HEINRICH: A der? Der scheißt schon vorher in die Hosen!

UNKENSTEIN: Trommler, schlage einen Wirbel!

Der Trommler zittert und läßt einen Trommelstock fallen.

HEINRICH: Na, du alter Depp! Kannst net amal die zwei Steckeln halten.

UNKENSTEIN *zum Trommler*: Wenn mir das noch einmal vorkommt, laß ich dich fotzen! *Zu Heinrich.* Heinrich, trete vor! Hiermit ernenne ich dich zu meinem Scharfrichter!

HEINRICH *momentan ganz verdutzt*: Na! Und niemals nein! Das kann ich nicht! Das Fräulein Kunigunde hinrichten, die ich schon als kleines Kind kennt hab. *Er fängt zu heulen an.* Das kann ich net! Nein, das net – Ihnen jederzeit.

UNKENSTEIN: Was? Kerl! Wage das ja nicht mehr zu sagen. Du spielst mit deinem Kopf, verstanden! Ich befehle es dir, du wirst meine Tochter hinrichten!

HEINRICH *fleht weinerlich*: Das kann ich net, das dürfens nicht verlangen von mir, das kann ich net!

UNKENSTEIN *zeigt Heinrich einen Beutel Gold*: Und wenn ich dir einen Beutel Gold dafür gebe?

HEINRICH *plötzlich ganz sachlich*: Ja, um Gold schon. Warum sagens denn das net gleich, um Gold jederzeit.

UNKENSTEIN: Dann hole sie.

Heinrich geht ab.

4. Szene

Man hört Kunigunde gellend aufschreien. Von Heinrich geführt, betritt sie die Richtstätte.

KUNIGUNDE *fällt vor Unkenstein auf die Knie*: Ich will nicht sterben, Vater! Ich will leben! Gnade, Gnade!

UNKENSTEIN *lacht hämisch*: Gnade? Die Peitsche! *Der Trommler reicht Heinrich die Peitsche.* Recke Heinrich! Gib ihr sechs Schläge!

HEINRICH: Ersparen Sie ihr doch diese Qual.

UNKENSTEIN: Vorwärts! Sechs Schläge, sage ich! *Heinrich streicht die Peitsche sanft über Kunigundes Rücken.* Ja, was denn? Hab ich gesagt, du sollst sie kitzeln? Peitschen sollst du sie! Kräftige Hiebe, vorwärts! *Heinrich gibt Kunigunde mit aller Kraft fünf Hiebe. Nach jedem Schlag schreit Kunigunde fürchterlich auf.* Das waren erst fünf.

HEINRICH: Oh, das langt.

UNKENSTEIN: Soll ich den sechsten dir verabreichen lassen?

HEINRICH: Nein, da gib ich ihn schon lieber der Kunigunde. *Er peitscht sie noch einmal auf den Rücken.*

UNKENSTEIN: Recke Heinrich! Sage dem Trommler, er möge das Todesurteil verlesen.

HEINRICH *zum Trommler*: Du möchtest das Todesurteil verlesen. *Der Trommler verliest das Todesurteil, wobei Kunigunde wieder laut schluchzt.*

HEINRICH *zittert am ganzen Körper*: Sei stad Kuni, es is sowieso gleich vorbei.

UNKENSTEIN *zu Heinrich*: Den Stab!

HEINRICH *holt den Stab*: Ich bitte nochmals um Gnade für die Kunigunde. Es ist Ihr einziges Kind, edler Ritter!

UNKENSTEIN: Gib mir den Stab, sonst breche ich dich entzwei. *Heinrich gibt ihm den Stab.* Hiermit breche ich den Stab über sie. *Heinrich packt Kunigunde, die noch immer am Boden kniet, schleppt sie an die Wand und legt ihr den Strick um den Hals. Kunigunde schreit. Heinrich schaut zu Unkenstein, der nun ein Handzeichen gibt. Heinrich zieht die Schlinge zu.*

UNKENSTEIN: Halt! Gnade! Gnade!

Heinrich lockert sofort den Strick, doch Kunigunde sinkt leblos zu Boden. Alle schweigen einen Moment.

UNKENSTEIN *niedergeschlagen*: Zu spät!

DAS VOLK: Zu spät!

HEINRICH *streckt Unkenstein die Hand entgegen; Unkenstein schüttelt sie ergriffen*: Nein, mein Gold will ich.

UNKENSTEIN: Gold? Ach, deinen Lohn! *Er wirft Heinrich den Beutel zu.* Hier! Du Judas! Um Gold! Um schnödes Gold hast du das Liebste, was ich hatte, meine Tochter, umgebracht. Da, sieh sie dir an! Meine Tochter ist tot!

HEINRICH: Wer sagt denn das? *Er beugt sich zu Kunigunde.* Fräulein Kuni, stehns auf. *Er hilft Kunigunde.*

UNKENSTEIN: Was, meine Tochter lebt? Ja, bin ich denn von Sinnen?

HEINRICH: Nein, von Grünwald.

UNKENSTEIN: Aber Recke Heinrich, du hast sie doch erwürgt, erdrosselt?

HEINRICH *lachend*: Ja, aber mit einem Gummistrick. *Alle lachen.*

III. Akt

1. Szene

Zwei Tage später. Ritterstube des 1. Aktes.
KUNIGUNDE *sitzt mit ihrem Wickelkind auf dem Arm und singt*:

Schlaf Kindlein schlaf,
Dein Vater ist kein Graf,
Dein Vater ist ein Ritter,
Daß tot er ist, ist bitter,
Schlaf Kindlein schlaf.

Schicksal, warum warst du mit mir so grausam – ich bin da, das Kind ist da, Ritter Rodenstein ist nicht mehr da. Er ist tot, und der richtige Vater von dir – er lebt! *Mit erhobenen Händen.* Was soll das noch werden?

HEINRICH *kommt leise herein*: Was ham jetzt Sie grad gsunga, Fräulein Kunigunde?

KUNIGUNDE: Ach Heinrich, hättest du doch grad einen richtigen Strick genommen bei meiner Hinrichtung, statt diesen verfluchten Gummistrick, dann wären mir alle Qualen erspart geblieben. Mein Vater hat in seinem Zorn den Ritter Rodenstein köpfen lassen.

HEINRICH: Ja und? Da schauns hin – Ihr Kind.

KUNIGUNDE: Ja, was ist denn mit meinem Kind?

HEINRICH: Wachsen tuts.

KUNIGUNDE: Das sieht man aber doch nicht.

HEINRICH: Was ist denn eigentlich mit dem Rodenstein?

KUNIGUNDE: Der ist doch unschuldig!

HEINRICH: Machens keine Witze, wieso?

KUNIGUNDE: Er ist ja nicht der Vater dieses Kindes gewesen.

HEINRICH: Jesses Maria! Ja wer ist denn dann der Vater?

KUNIGUNDE: Ach Heinrich, wenn du unbedingt wissen willst, wer der Vater ist – der Ritter mit dem roten Spitzbart.

HEINRICH: Der Ritter Lenz von Ismaning? Gell, ich hab damals doch recht ghabt! Ja weiß es Ihr Vater schon?

KUNIGUNDE: In meiner Verzweiflung habe ich es ihm gestanden, weil ich doch den Ritter Rodenstein noch retten wollte, aber es war schon zu spät. Und jetzt hat der Vater auch noch Schritte gegen den Ritter Lenz unternommen und hat ihn in unseren Hungerturm werfen lassen.

HEINRICH: Ja braucht man denn zum Hungern einen Turm?

KUNIGUNDE: Ach red doch nicht so dumm daher. Weißt du, Heinrich, ich habs selbst gar nicht geglaubt, denn ich war ja doch nur einmal mit ihm zusammen.

HEINRICH: Na ja, einmal genügt auch für ein Kind – und dann noch was, warum haben Sie denn mit dem Rodenstein auch ein Techtelmechtel betrieben?

KUNIGUNDE: Schau Heinrich, den Rodenstein kenn ich schon von Jugend auf – wir sind doch Nachbarn gewesen. Und außerdem kann ich doch nicht alle drei Tag nach Ismaning zum Ritter Lenz hinunterreisen.

HEINRICH: Warum alle drei Tag?

KUNIGUNDE: Ach Heinrich, frag doch nicht so dumm. Außerdem mag mich der Ritter Lenz gar nicht mehr – der hat mich ja sitzenlassen. Sei still, mein Vater kommt. *Heinrich ab.*

2. Szene

UNKENSTEIN: Gibt es sonst keine Arbeit in meiner Burg, als daß ihr hier zusammen schwätzet?! Ach mein Kind, es ist ein hartes Dasein. Was ist alles über mich hereingebrochen. Meine eigene Tochter wollte ich erwürgen lassen, aber durch die Schläue des Recken Heinrich, der dich mit einem Gummistrick erwürgte, bliebst du mir erhalten. Kurz und gut, ich habe dich wieder, mein

Kind, und auch dein Kind, mein Enkel ist mir geblieben, aber daß ich mich vergaß und den Vater deines Kindes irrtümlich enthaupten ließ, läßt mich keine Ruhe mehr finden. Ich möchte ihm verzeihen, aber er ist tot.

KUNIGUNDE: Ja, er ist tot.

UNKENSTEIN: O könnte ich ihn nur um Verzeihung bitten.

KUNIGUNDE: Das kannst du!

UNKENSTEIN: Was sagst du?

KUNIGUNDE *geheimnisvoll*: Er ist im Haus.

UNKENSTEIN: Bist du wahnsinnig geworden?

KUNIGUNDE: Er ist im Haus. Täglich nachts in der Geisterstunde zwischen 12 und 1 Uhr geht er in der Burg um. Er zieht durch alle Gemächer.

UNKENSTEIN: Was schwätzest du für Mist?

KUNIGUNDE: Ja, ja Vater, der Recke Heinrich hat es mir erzählt. Er hätte ihn selbst gesehen, wie er nachts in unserem Kellergewölbe als Geist umherwandelt.

UNKENSTEIN: Erzählest du mir Märchen?

KUNIGUNDE: Nein mein Vater, es ist so.

UNKENSTEIN: Wo ist Heinrich? – Heinrich!

3. Szene

HEINRICH: Was ists? Sie haben mir gerieft?

UNKENSTEIN: Ich vernahm eben die Kunde, aus dem Munde meiner Kunigunde, daß du Ritter Rodenstein in unseren Katakomben unten gesehen hättest.

HEINRICH: Ja, ja, edler Ritter, es ist so – mir schaudert die Haut, wollte ich Ihnen davon erzählen.

UNKENSTEIN: Spreche, Heinrich!

HEINRICH: Ihr schicktet mich vor ein paar Tagen in den Keller, um Wein zu holen. Es war nachts 12 Uhr. Ich ging die Kellertreppe hinabi und als ich guckt zur Tür hinein, da huben dort im Mondenschein Gespenster schrecklich anzusehn – so ungefähr a Stukkera zehn. Ich schlich mich durch den langen Gang – da hörte ich ein Gewimmer – ich ging dem Gewimmer entgegen und wer stand vor mir ...

UNKENSTEIN *mit starren Augen*: Rodenstein!

HEINRICH: Nein – ein großes Weinfaß!

UNKENSTEIN: Ach so. Weiter, weiter.

HEINRICH: Der Wind heulte in den Gedärmen ah, Gemächern wollt ich sagen, im Burghof heulte der Hund, da hörte ich auf einmal einige Schritte gehen – ich stoppte meine Gebeine, und wer steht vor mir ...

UNKENSTEIN: Ritter Rodenstein!

HEINRICH: Nein – wieder ein Weinfaß.

UNKENSTEIN: Ach leck mich doch jetzt bald am Arsch mit deinen Weinfässern.

HEINRICH: Da plötzlich bog ich um die Ecke und ging schnurstracks weiter, und in einem matten Kerzenschimmer – wer stand vor mir?

UNKENSTEIN: Wieder ein Weinfaß?

HEINRICH: Nein – der Rodenstein!

UNKENSTEIN: Was sprachte er zu dir?

HEINRICH: Das kann ich nicht sagen.

UNKENSTEIN: Warum nicht? Ich will es wissen!

HEINRICH: Das wäre zu mannigfaltig, würde ich das verraten.

UNKENSTEIN: Er hat mich ganz sicher verflucht.

HEINRICH: Reden wir von was anderem. Was will der edle Ritter heute zum Mittagmahl?

UNKENSTEIN: Nichts will ich mahlen, wissen will ich, was der Geist Rodenstein zu dir gesagt hat – das macht mich stutzig.

HEINRICH: Ich sage nur das eine, gehen Sie niemals zu nächtlicher Stunde in den Keller. Es wäre schrecklich für Sie.

KUNIGUNDE: Tu das nicht, Vater, Heinrich hat recht. Man soll die Geister nicht versuchen. Wehe, wehe, wehe, es könnte Euch ein Leid zustoßen.

UNKENSTEIN: Papperlapapp – Heinrich, sorge für drei Laternen, es ist gleich 12 Uhr, wir gehen hinunter zu Rodenstein.

HEINRICH: Ich würde Euch, edler Ritter, abraten, solche Schritte zu unternehmen, denn es gehen dort viele Gespenster um, deren Anblick Euch zum Gruseln veranlassen würde.

UNKENSTEIN: Geister hin oder her – ich befehle dir, die Katakomben zu öffnen und wir steigen zusammen hinunter. Ich will Ritter Rodenstein um Verzeihung bitten, ich will mit ihm sprechen.

HEINRICH: Er kann ja nicht mehr sprechen.

UNKENSTEIN: Wieso, ein Geist kann doch jedenfalls auch sprechen.

HEINRICH: Ja schon, aber der Rodenstein überhaupt nicht mehr.

UNKENSTEIN: Warum nicht?

HEINRICH: Er hat doch keinen Kopf mehr. Den haben Sie ihm doch runterhauen lassen.

UNKENSTEIN: Er hat keinen Kopf mehr?

HEINRICH: Ein Geköpfter hat doch niemals mehr einen Kopf.

UNKENSTEIN: Ja wo hat er ihn denn dann?

HEINRICH: Im Arm!

UNKENSTEIN: Das ist ja schauerlich. Und dennoch gehen wir hinunter, dann spreche ich halt mit dem Kopf allein.

HEINRICH: Tun Sie das nicht. Das strengt ihn vielleicht sehr an.

UNKENSTEIN: Zünde die Kerzen an, wir gehen. Du gehst voraus, wir folgen dir.

4. Szene

Ritter Unkenstein, Kunigunde und Recke Heinrich verlassen mit Stallaternen in der Hand die Bühne, um sich in die Katakomben der Burg zu begeben. Der Vorhang bleibt offen. Die Stimmen werden durch einen Lautsprecher übertragen.

KUNIGUNDE *mit zitternder Stimme*: Es ist eiskalt.

HEINRICH: Ich kenne keine Furcht, es sei denn, ich bekäme Angst.

KUNIGUNDE *schreit*: Aaaaah!

UNKENSTEIN UND HEINRICH: Was ist los?

KUNIGUNDE: Eine Maus, eine Maus!

HEINRICH: Ausgeschlossen, wir haben keine Mäuse da herunten, das sind vielleicht nur Ratten!

UNKENSTEIN: Wo ist Rodenstein?

HEINRICH: Der kann noch net da sein, es ist ja noch nicht 12 Uhr. Wir gehn halt jetzt durch den langen Gang in das hintere Gewölbe, da hab ich ihn gestern nacht gesehen.

KUNIGUNDE: Hoffentlich sehen wir ihn nicht.

UNKENSTEIN: Du dumme Gans – wir wollen ihn ja sehen, deswegen sind wir doch runtergegangen. *Es schlägt 12 Uhr. Beim 12. Schlag heult der Wind stärker. Krähengeschrei, Klopfen.*

KUNIGUNDE: Herein!

HEINRICH: Da brauchens nicht herein sagen, das sind ja nur die Klopfgeister. Die klopfen ja nur, weils sonst auch nichts zu tun haben.

UNKENSTEIN, HEINRICH, KUNIGUNDE: Jess Maria! Jetzt kommt er daher!

UNKENSTEIN: Seinen eigenen Kopf tragt er im Arm daher.

HEINRICH: Hoffentlich läßt er ihn net fallen, sonst kriegt er noch eine Gehirnerschütterung.

KUNIGUNDE: Wie er nur ohne Kopf gehen kann?

HEINRICH: Ja, er geht doch mit den Füßen.

UNKENSTEIN: Jetzt gehe ich hin zu ihm und bitt ihn um Verzeihung.

– Mein lieber alter Freund Rodenstein! Es tut mir leid, daß ich
dich unschuldig köpfen ließ. Ich werde das nie mehr tun.

RODENSTEIN *mit Geisterstimme*: Das glaube ich dir gerne, strenger
Ritter Unkenstein. Ich habe ja auch nur einen Kopf gehabt, und
diesen einen hast du mir abschlagen lassen.

HEINRICH: Edler Ritter Rodenstein! Haben tust du ihn ja noch, wirf
ihn nur net weg, man weiß nie, wie man so was wieder einmal
brauchen kann.

UNKENSTEIN: Aber es wird dir eine Genugtuung sein, daß ich den
Ritter Lenz von Ismaning auch aufhängen lasse. Der kann dir
dann Gesellschaft leisten, da herunten in diesem langweiligen
Labyrinth.

RODENSTEIN: Das hat es nicht nötig. Wenn schon, dann lasse deine
Tochter enthaupten, deine Kunigunde, mit der kann ich mich
besser unterhalten in der Geisterstunde.

UNKENSTEIN: Du liebst sie auch noch als Geist, wie diese Bemerkung beweist. Wir müssen jetzt wieder gehen. Leb wohl, Ritter
Rodenstein, auf Wiedersehen.

RODENSTEIN: Was heißt: Lebe wohl – ohne Kopf.

5. Szene

*Alle kommen nun wieder auf die Bühne und das Tribunalgericht
beginnt. Ritter Unkenstein sitzt in der Burgstube als Präses des
Tribunals. Links und rechts neben ihm je ein Ritter. Kuni sitzt
seitwärts.*

UNKENSTEIN *zu Heinrich*: Schleppe mir sofort den Ritter Lenz aus
dem Burgverlies und bringe ihn hierher.

HEINRICH: Jetzt gleich?

UNKENSTEIN: Was heißt gleich?

HEINRICH: Na, i moan, weil er grad abendessen tut.

UNKENSTEIN: Was? Im Hungerturm? Statt zu hungern tut er abendessen?

HEINRICH: Natürlich. Wenn er nichts zu essen hätt, dann stürb er ja
und wenn er gestorben wäre, dann könnte er ja nicht mehr
hungern. Was tät er dann noch im Hungerturm?

UNKENSTEIN: Also, los, schlepp ihn herbei! *Heinrich ab.*

6. Szene

KUNIGUNDE: Lieber Vater, ich bitte Euch, seid mit meinem Ritter Lenz, mit meinem zukünftigen Gatten, nicht gar so streng und gebet Euer Jawort, auf daß er mich zum Altar führe.

UNKENSTEIN: Das kommt erst darauf an, was der saubere ehrlose Ritter zu seiner Verteidigung hervorzubringen weiß.

7. Szene

Heinrich bringt Lenz gefesselt vor das Tribunal.

LENZ *kniet vor Unkenstein nieder*: Ich liege untertänigst zu Euren beiden Füßen.

KUNIGUNDE *fällt ihm um den Hals und schluchzt*: Geliebter! Du und sonst keiner soll es sein!

UNKENSTEIN: Ritter Lenz, Ihr habt ein heimliches Spiel mit meiner Tochter Kunigunde betrieben, aus dessen Folgen ein uneheliches Knääääblein entsprungen ist. Ich frage Euch hier vor Zeugen: Seid Ihr der Vater des Kindes meiner Tochter? Nein oder ja?

LENZ: Ja!

UNKENSTEIN: Wollt Ihr meine Tochter zum Traualtar führen?

LENZ: Nein!

ALLE *murmeln durcheinander*: Der gemeine Kerl, der Schuft, der ehrlose Schurke.

UNKENSTEIN: Ich frage dich nochmals: Willst du meine Tochter heiraten? Von mir aus liegt nichts im Wege und meine Tochter liebt dich. Also, willst du meine Tochter heiraten?

LENZ: Nein, ich kann nicht.

UNKENSTEIN: Du kannst nicht heiraten? Heiraten ist doch keine Kunst! Heiraten kann doch ein jeder!

LENZ: Ich nicht.

UNKENSTEIN: Wart, Schurke, ich werde dir die Heirat erpressen. *Zu Heinrich.* Hole die Daumenschraube herbei.

Heinrich holt die Daumenschraube und legt sie Lenz an.

UNKENSTEIN *zu Heinrich*: Ziehe die Schrauben an! *Lenz stöhnt.*

UNKENSTEIN: Willst du meine Tochter heiraten?

LENZ: Ich kann nicht!

UNKENSTEIN *zu Heinrich*: Ziehe die Schrauben fester an!

LENZ *krümmt sich und schreit*: Nein, ich kann nicht!

UNKENSTEIN: Schraube noch fester! Ich frage dich nochmals, willst du meine Tochter heiraten?

Lenz *brüllt*: Ich – kann – nicht!

Unkenstein: Zum Donnerwetter noch einmal, warum kannst du meine Tochter nicht heiraten? Warum willst du meine Tochter nicht zur Frau?

Lenz: Weil i scho oane hab!

Heinrich: Was, er hat schon eine Frau?

Unkenstein: Und meine Tochter hat von dir ein Kind?

Lenz: Meine Frau hat ja schon elfe von mir!

Heinrich: Na ja, sans froh edler Ritter, daß aso is, dann is as Dutzend voll! Furchtbar wars nur, wenn die Kunigunde von ihm elf ledige hätt und seine Frau von ihm bloß eins.

Unkenstein: Ja, das ist eigentlich wahr. Aber Strafe muß sein. *Er besinnt sich.* Er soll seiner Freiheit beraubt werden.

Heinrich: Nun ja, dann lassens ihn doch wieder bei seiner Frau!

8. Szene

Unkenstein: Nun wollen wir aber heben an eine Versöhnung zu feiern, die sich gewaschen hat. Heinrich, schleppe fünf Kannen von unserem guten Rotwein herbei. Mit dem stärksten Rebensaft will ich euch laben, auch bringe das Leckerste aus der Küche hierher.

Heinrich holt Speise und Trank, Kunigunde deckt den Tisch.

Unkenstein: So, ihr Ritter und Mannen, laßt euch meinen Wein gut munden, ergreift die Becher, auf daß wir den Vater meines kleinen Enkels Hunibald hochleben lassen. *Alle erheben sich von den Sitzen.* Der zukünftige Schloßherr, mein kleiner Ritter, Ritter Hunibald von Unkenstein, er lebe hoch, hoch, hoch!

Heinrich *säuft einen Krug auf einen Zug leer*: Aaah!

Unkenstein: Brav, mein Recke, du hast einen guten Zug im Halse, nur fürchte ich, daß dich dieses große Quantum Rebensaft bald zu Boden zwingt. Aber vorher lasse noch einige Trutzverschen über uns ergehen.

Heinrich *nimmt die Laute und singt. Nach jedem Vers Ritterge-brumm.*

> Rittermänner laßt die Becher klingen
> Heute wollen wir das Glück besingen
> Heute wollen wir alle lustig sein
> Hoch lebe unser Enkelein!

Und der Ritter drunt von Eulenbach
Hat mit seiner Gattin öfters einen Krach
Sie ist ein Mistviech, ein ganz derfeits
der Mo hat mit dem Weib sei Kreuz!

Und der Ritter von Hahnenspieß
der hat den Wolf zwischen die Füß
sitzt er mit dem Wolf auf dem Roß
sind die Schmerzen sehr groß!

Und der Ritter von Freising drunt
Is ein ganz gspassiger Hund
Sieht er ein Mädchen gehn
bleibt er glei stehn!

*Heinrich wird nun besoffen und erlaubt sich in diesem Zustand viel
zuviel mit Kunigunde. Als er sie sogar küßt, wird der Ritter Lenz
eifersüchtig, und es beginnt ein furchtbarer Wortwechsel, der in eine
Rauferei ausartet, bei der mit allerlei Gegenständen geworfen wird,
aber der Streit wird von Unkenstein wieder geschlichtet. Die Sau-
ferei nimmt ein Ende. Vor dem Abschied entspinnt sich jedoch wieder
ein Streit, und zwar deshalb, weil Ritter Lenz das Kind mit sich nach
Haus nehmen will.*

LENZ *aufgebracht*: Was, Ihr wollt mir mein Kind nicht mitgeben?
KUNIGUNDE: Du bist verrückt, das ist doch mein Kind!
LENZ: Aber das Kind hab doch ich …
KUNIGUNDE: Und ich habs geboren!
HEINRICH: Ihr werd euch doch net wegen dem kleinen Kind da
    streiten. *Er nimmt das Wickelkind, legt es auf den Tisch und
    schneidet es mit dem Schwert mitten auseinander.* Da hast du die
    Hälfte und da hast du die Hälfte und jetzt gebts miteinander eine
    Ruh!

Die Mutter

Der Sohn (Karl Valentin) kommt von der Arbeit heim, geht in das Zimmer seiner alten gebrechlichen Mutter, die in einem Lehnsessel sitzt und bitterlich weint.

SOHN: Grüß Gott, Muatter! No, bin i koan Gruß mehr wert?

Die Mutter schaut ihn nicht an und weint weiter. Das einzige, was man vernimmt, ist das Ticken der Wanduhr und das Schluchzen der Mutter.

SOHN *hebt ihr den Kopf und schaut ihr ins Gesicht. Erschrocken*: Ja Muatter, du weinst ja! Ja, was ist denn los? Bist denn krank? *Er rüttelt die Mutter.* Muatter – du – red, was ist gschehn? Hats Verdruß gebn im Haus? Sag mirs, hat dich wer beleidigt? An dem vergreif i mi! Muatterl, geh, bist krank, soll i an Doktor holn? Schau mir in d' Augn, Muatterl! Wia i fortgangen bin, warst doch noch ganz guat beinand. Du hast an seelischen Schmerz. I kenn dirs an! Is mit der Schwester was los? Wo is d' Fanny? – Fanny! Fanny! Wo bist denn? Fanny! Was ist denn los? – Was is mit der Muatter gschehn? Warum woant d' Muatter?

FANNY: I woaß net, sie sagt nix, sie sitzt nur da und woant.

SOHN: Da muaß doch was vorgfalln sein; hast mit der Muatter an Streit ghabt?

FANNY: Na Hans, i woaß net, was d' Muatter hat.

SOHN: Da is was vorgfalln, i laß mirs net nehma. – Muatter red, hast du mit der Fanny an Verdruß ghabt? Red Muatter!

FANNY: Hast du was ghabt mit der Muatter, Hans?

SOHN: I komm grad von der Arbeit hoam, i woaß von gar nix; i seh halt, daß d' Muatter dasitzt und woant.

FANNY: Seit Mittag sitzts so da, i kenn mi net aus mit ihr.

SOHN: Da stimmt was net, hast du vielleicht d' Muatter beleidigt?

FANNY: Na Hans, i taat dirs ja sagn.

SOHN: I muaß wissn, was da los is! Muatter, i bitt di um alls in der Welt, sag mirs! Mir kannst alles anvertraun.

MUTTER: Liaber Bua, du kannst mir doch nimmer helfen!

SOHN: Warum net, Muatter?

MUTTER: Mei liaber Bua, mir is heut mei letzter Zahn rausbrochen.

FANNY: Was is der Muatter passiert?

SOHN *aufs höchste überrascht*: Aber Muatter! Jetzt hätt i bald was gsagt! Wegn deinem alten Zahn machst a solches Theater! I moan wunder was passiert is! Solche kindische Witz kannst dir mit

einem Stiefkind erlaubn, aber net mit dem eigenen Sohn! Heuer
wirst achtzig Jahr alt ...
FANNY: Ja Muatter, achtzig Jahr wirst heuer alt.
SOHN: Jetzt moan i, derfst bald aufhörn mit deiner verfluchten
Eitelkeit!

Wie heißt der Notenwart?

Die Musiker stimmen ihre Instrumente.

VALENTIN: Also, spiel ma wieder oan, daß d'Zeit vergeht.

ERSTER MUSIKER: Habt ihr die Noten schon ausgeteilt?

ZWEITER MUSIKER: Freilich!

VALENTIN: Also los! Laßt die Klänge klingen! *Jeder der vier Musikanten bläst nun ein anderes Stück. Nach einigen Takten hören sie wieder auf.* Ja, was is denn des für ein Verhau! Da spielt ja jeder was anders, des is jas reinste vielharmonische Orchester. I sags ja, seit wir keinen Notenwart mehr habn, klappts bei uns nimmer; schad, daß er nicht mehr bei uns is, der ... no, wia hat denn unser Notenwart ghoaßen? No, der ... jetzt fallt mir sein Name nicht mehr ein.

ERSTER MUSIKER: Der Gallinger Schorschl.

VALENTIN: Gallinger hat er net ghoaßen, der Gallinger war ja so ein Großer, der Dings war ja nicht groß.

ERSTER MUSIKER: Wer?

VALENTIN: Na ja, den wo ich meine.

ERSTER MUSIKER: Ich weiß ja nicht, wen du meinst.

VALENTIN: Um das handelt es sich doch, weil wir nicht wissen, wie der heißt.

ERSTER MUSIKER: Ja, ich weiß doch nicht, wie der heißt!

VALENTIN: Ja, des weiß ich schon, daß du das nicht weißt, wir wissens ja auch net!

ERSTER MUSIKER: Ja, wie könnt ma jetzt des wissen, wie der heißt?

VALENTIN: Am sichersten wirds er selbst wissen, wie er heißt. Wißt ihr was? Wir schreiben ihm eine Postkarte!

ALLE: Ja, des tun wir!

VALENTIN: Ja aber ... wenn wir nicht wissen, wie er heißt, können wir ihm doch net schreiben!

ZWEITER MUSIKER *besinnt sich*: Hat er net Ott gheißen?

VALENTIN: Na, na, Ott hat er nicht gheißen; soviel ich mich erinnere, war es ein ganz kurzer Name.

ERSTER MUSIKER: Ott ist doch ein kurzer Name!

VALENTIN: Ott ist zu kurz. Unser Notenwart hat so ähnlich gheißen wie unser früherer Posaunist, der ..., jetzt weiß ich dem sein Namen auch nicht mehr!

ERSTER MUSIKER: Eisele!

VALENTIN: Na, na, so hat unser Posaunist nicht gheißen, das war

kein so ein metalliger Name wie Eisele, im Gegenteil, so ein
hölzerner Name.

ALLE: Holzinger!

VALENTIN: Gott sei Dank, daß wir wenigstens dem sein Namen
wissen! Aber wie der Notenwart gheißen hat, ob uns des noch
einfallt!?

WIRT *ruft von hinten*: Macht doch eine Musik, ich zahl euch doch
net fürs saudumme Daherreden!

VALENTIN *zum Wirt*: Es handelt sich um den Namen von unserem
früheren Notenwart. Der Name fällt uns nicht mehr ein, net ums
Verrecka!

WIRT: Das ist doch Wurscht, wie der gheißen hat!

VALENTIN: Ja Ihnen schon, aber uns ists nicht Wurscht! Ihnen is
schließlich auch net Wurscht, ob Sie Magdalena oder Blasius
heißen!

WIRT: Das Publikum will nicht euer Geschnatter hören, sondern ein
Konzert!

VALENTIN: Also, fang' ma an! *Der Von-der-Tann-Marsch wird
geblasen. Valentin hört plötzlich auf.* Aufhören! – Jetzt is mirs
eingefallen, wie unser Notenwart gheißen hat. Pfaffinger hat er
gheißen!

ALLE: Stimmt! Ja, Pfaffinger hat er gheißen. *Sie spielen weiter.*

VALENTIN *als der Marsch zu Ende ist, besinnt er sich einige Se-
kunden*: Nein! Nein! Da hab ich mich getäuscht. Pfaffinger hat er
auch net gheißen!

ALLE: Jawohl, Pfaffinger hat er gheißen, das wissen wir ganz bestimmt!

VALENTIN: Sein Bruder hat Pfaffinger gheißen. *Alle lachen.*

ERSTER MUSIKER: Rindviech, wenn sein Bruder Pfaffinger gheißen
hat, dann heißt doch er auch Pfaffinger!

VALENTIN: Na! Des war ja sein Stiefbruder!

ALLE: A sooo.

Valentin fährt Straßenbahn

ERSTER SCHAFFNER: Hat alles Fahrscheine?
VALENTIN: Nein, ich will mir erst einen kaufen.
ERSTER SCHAFFNER: Was heißt kaufen. Obs einen Fahrschein
 wollen?
VALENTIN: Freilich will ich einen, sonst wär ich ja net in d' Tram-
 bahn eingstiegn, wenn ich keinen Fahrschein wollte; dann steig
 ich in ein Autotaxi, da braucht man Gott sei Dank noch keinen
 Fahrschein – das wird schon auch noch kommen!
ERSTER SCHAFFNER: Ja, wo wollens denn hinfahren?
VALENTIN: Wo fahren Sie denn überall hi?
ERSTER SCHAFFNER: Wir fahren am Bahnhof.
VALENTIN: Am Bahnhof? Auf was für einen Bahnhof? Es gibt ja
 mehrere Bahnhöfe in unserer Stadt.
ERSTER SCHAFFNER: Ja, wir fahren mit unserer Linie am Bahnhof
 vorbei.
VALENTIN: Vorbei? Ja, ich will ja nicht vorbeifahren, ich will ja zum
 Bahnhof fahren.
ERSTER SCHAFFNER: Dann müssens halt am Bahnhof aussteigen!
VALENTIN: Wann?
ERSTER SCHAFFNER: Na ja, wann ma halt draußen sind.
VALENTIN: Wo?
ERSTER SCHAFFNER: Am Bahnhof. Und jetzt sagns mir endlich, auf
 was für einen Bahnhof Sie eigentlich wollen?
VALENTIN: Ja, was für einen Bahnhof können Sie mir denn emp-
 fehlen?
ERSTER SCHAFFNER: Ich hab Ihnen doch gsagt, mir fahrn am Ost-
 bahnhof.
VALENTIN: Dann gebn Sie mir lieber ein Billett fürn Zirkus.
ERSTER SCHAFFNER: Fürn Zirkus? Da müssens ja entgegengesetzt
 fahren mit der Linie 19.
VALENTIN: Wann muß ich da aussteigen?
ERSTER SCHAFFNER: Sofort! In die Linie 19.
VALENTIN: Danke! *Er steigt aus und in die Linie 19 um.*
ZWEITER SCHAFFNER *läutet ab*: Der Wagen ist besetzt; im hintern ist
 noch genügend Platz.
VALENTIN: Bitte drücken Sie sich nicht so zweideutig aus. Sie
 können genauso gut sagen, im hintern Wagen ist noch genügend
 Platz, dann gibt es kein Mißverständnis.

ZWEITER SCHAFFNER: Wohin?

VALENTIN: Ein Billett fürn Zirkus.

ZWEITER SCHAFFNER: Ich hab keine Zirkusbilletten, nur Straßen-
bahnbilletten.

VALENTIN: Ein Billett zum Zirkus.

ZWEITER SCHAFFNER: Das hättens doch gleich sagen können! – Im
übrigen ist das Rauchen hier im vorderen Wagen verboten,
deshalb hab ich ja zu Ihnen gesagt, im hintern Wagen ist noch
Platz, da könnens auch rauchen.

VALENTIN: Nein! Sie haben im Hintern allein gsagt.

ZWEITER SCHAFFNER: Mitm Hintern hab ich doch den Wagen
gmeint!

VALENTIN: Ob ich in den hintern hineinsteige oder in den vordern,
das kann Ihnen doch gleich bleiben.

ZWEITER SCHAFFNER: Wenns nicht rauchen, könnens von mir aus
im vordern Wagen sein oder im hintern; und jetzt lassens mir amal
mei Ruah mit Ihrem Hintern!

ERSTE DAME: Der Herr hat ganz recht, wenn er sich über Ihre kurze
Zurechtweisung aufregt, denn es ist doch keine große Zeitvergeu-
dung, wenn Sie sagen: im hintern Wagen!

ZWEITER SCHAFFNER: Jessas Maria, jetzt fangt sie aa no o mitm
Hintern! Mei Ruah möcht i jetzt bald! Hat alles Fahrscheine?

ZWEITE DAME: Bahnhof.

ZWEITER SCHAFFNER: Der Schein is ja schon abgrissen!

ZWEITE DAME: Ja, i bin zuerst im hintern gsessen.

ZWEITER SCHAFFNER: Wo sans gsessen?

ZWEITE DAME: Im hintern!

ZWEITER SCHAFFNER: Im hintern Wagen meinen Sie, sonst könnt i ja
meinen, am Hintern sinds gsessen.

ZWEITE DAME: Na, i bin im hintern gsessen und mei Tochter im
vordern, drum bin i vom hintern raus und in vordern nei.

VALENTIN: Sehns, Herr Schaffner, jetzt sehns doch selber ein, daß
man nie vom Hintern allein reden soll!

Dialoge

Wo ist meine Brille?

MANN: Klara! Ich finde meine Brille nicht. Weißt Du, wo meine Brille ist?

FRAU: In der Küche hab ich sie gestern liegen sehen.

MANN: Was heißt gestern! Vor einer Stunde hab ich doch noch gelesen damit.

FRAU: Das kann schon sein, aber gestern ist die Brille in der Küche gelegen.

MANN: So red doch keinen solchen unreinen Mist, was nützt mich denn das, wenn die Brille gestern in der Küche gelegen ist!

FRAU: Ich sag Dirs doch nur, weil Du sie schon ein paarmal in der Küche hast liegen lassen.

MANN: Ein paarmal! – Die habe ich schon öfters liegen lassen, – wo sie jetzt liegt, das will ich wissen!

FRAU: Ja, wo sie jetzt liegt, das weiß ich auch nicht; irgendwo wird s' schon liegen.

MANN: Irgendwo! Freilich liegt s' irgendwo – aber wo – wo ist denn irgendwo?

FRAU: Irgendwo? Das weiß ich auch nicht – dann liegt s' halt woanders!

MANN: Woanders! – Woanders ist doch irgendwo.

FRAU: Ach, red doch nicht so saudumm daher, woanders kann doch nicht zu gleicher Zeit »woanders« und »irgendwo« sein! – Alle Tage ist diese Sucherei nach der saudummen Brille. Das nächste Mal merkst Dir halt, wo Du sie hinlegst, dann weißt Du, wo sie ist.

MANN: Aber Frau!!! So kann nur wer daherreden, der von einer Brille keine Ahnung hat. Wenn ich auch weiß, wo ich sie hingelegt hab, das nützt mich gar nichts, weil ich doch nicht sehe, wo sie liegt, weil ich doch ohne Brille nichts sehen kann.

FRAU: Sehr einfach! Dann mußt Du eben noch eine Brille haben, damit Du mit der einen Brille die andere suchen kannst.

MANN: Hm!! Das wär ein teurer Spaß! 1000mal im Jahr verleg ich meine Brille, wenn ich da jedesmal eine Brille dazu bräuchte – die billigste Brille kostet 3 Mark – das wären um 3000 Mark Brillen im Jahr.

FRAU: Du Schaf! Da brauchst Du doch nicht 1000 Brillen!

MANN: Aber 2 Stück unbedingt, eine kurz- und eine weitsichtige. – Nein, nein, da fang ich lieber gar nicht an. Stell Dir vor, ich habe die weitsichtige verlegt und habe nur die kurzsichtige auf, die weitsichtige liegt aber weit entfernt, so daß ich die weitsichtig entferntliegende mit der kurzsichtigen Brille nicht sehen kann!

FRAU: Dann läßt Du einfach die kurzsichtige Brille auf und gehst so nah an den Platz hin, wo die weitsichtige liegt, damit Du mit der kurzsichtigen die weitsichtige liegen siehst.

MANN: Ja, ich weiß doch den Platz nicht, wo die weitsichtige liegt.

FRAU: Der Platz ist eben da, wo Du die Brille hingelegt hast!

MANN: Um das handelt es sich ja! – Den Platz weiß ich aber nicht mehr!

FRAU: Das verstehe ich nicht. – – Vielleicht hast Du s' im Etui drinnen.

MANN: Ja!!! Das könnte sein! Da wird sie drinnen sein! Gib mir das Etui her!

FRAU: Wo ist denn das Etui?

MANN: Das Etui ist eben da, wo die Brille drinnen steckt.

FRAU: Immer ist die Brille auch nicht im Etui.

MANN: Doch! – Die ist immer im Etui. Außerdem ich hab s' auf.

FRAU: Was? – Das Etui?

MANN: Nein! – Die Brille.

FRAU: Jaaaaa! Was seh ich denn da? – Schau Dir doch einmal auf Deine Stirne hinauf!

MANN: Da seh ich doch nicht hinauf.

FRAU: Dann greifst Du hinauf! – – Auf die Stirne hast Du Deine Brille hinaufgeschoben!

MANN: Ah! – Stimmt – Da ist ja meine Brille! – Aber leider?!

Sehr schnell

FRAU: Was leider?

MANN: Ohne Etui!

Die gestrige Zeitung

MANN: Du, Frau, hat der Mann, der heute die gestrige Zeitung kaufen wollte, die Zeitung schon bekommen?

FRAU: Dem hab ich's schon gegeben.

MANN: Die gestrige?

FRAU: Nein, die heutige.

MANN: Ach! Der wollte doch die gestrige haben!

FRAU: Die gestrige hab ich nicht gehabt, dann hab ich ihm die heutige gegeben.

MANN: Wann?

FRAU: Heute. Die gestrige hab ich ihm für morgen versprochen.

MANN: Ich auch; dann brauchst Du ihm die gestrige nicht besorgen, weil ich ihm dieselbe besorge.

FRAU: Die gestrige können wir ihm beide nicht mehr besorgen, weil die Redaktion keine mehr hat. Dann muß halt der Mann eine vorgestrige nehmen!

MANN: Eine vorgestrige wird dem Mann doch nichts nützen!

FRAU: Na, wenn er schon eine alte Zeitung will, dann ist doch eine vorgestrige noch älter als eine gestrige!

MANN: Du hast Ansichten! In der gestrigen Zeitung kann aber etwas gestanden sein, was in der vorgestrigen nicht gestanden hat, was nicht einmal in der heutigen steht!

FRAU: Ja, ja! Das hat ja der Herr gesagt, und dann hat er mir die heutige abgekauft und hat gesagt: »Auweh, da steht's nicht drin!« Wahrscheinlich ist das gestern dringestanden! – Was dringestanden sein soll, das hat er mir nicht gesagt!!

MANN: Das steht dann sicher in der gestrigen drin!

FRAU: Was?

MANN: Was der Mann in der heutigen g'sucht hat.

FRAU: Das glaub ich nicht, denn solche Sachen stehn oft gar nicht in der Zeitung!

MANN: Was für Sachen?

FRAU: Na ja, so geheime Sachen!

MANN: Woher weißt Du denn, daß der geheime Sachen sucht?

FRAU: Na, wenn das nichts Geheimes wär, dann hätt er mir doch gesagt, was er sucht!

MANN: Was er sucht! – Wasersucht! – Wassersucht ist doch nichts Geheimes, das ist eine Krankheit. Natürlich liest man auch in der Zeitung von Heilmitteln. Vielleicht steht's in der morgigen Zeitung!

FRAU: Die morgige gibt's doch heute noch nicht!

MANN: Aber morgen gibt's die heutige!

FRAU: Aber der Mann will doch die gestrige!

MANN: Ach! – Du machst mich noch ganz wirr! Der Mann war doch gestern da, nicht heute! Und gestern wollte er die gestrige, also ist das in diesem Falle die vorgestrige.

FRAU: Nein! – – – Das hat der Herr nur vermutet; er hat gemeint, wenn es nicht in der gestrigen steht, dann könnte es eventuell in der vorgestrigen stehen.

MANN: Du verstehst mich nicht! Sagen wir, der Mann wäre erst morgen gekommen und hätte die gestrige Zeitung wollen, dann wäre die heutige Zeitung die gestrige gewesen, und die gestrige die vorgestrige. In Wirklichkeit aber wäre die vorgestrige die gestrige gewesen; hast Du das verstanden?

FRAU *ganz laut*: Ja, nicht im geringsten!

MANN *zornig*: Das ist ja auch gar nicht wichtig! Der Herr braucht die Zeitung, wo das drin steht.

FRAU: Dann muß er doch in der vorgestrigen nachschauen!

MANN: Ja, steht's denn in der vorgestrigen?

FRAU: Ja, das weiß doch ich nicht, der Mann weiß es ja selbst nicht!

MANN: Ja, wenn's er selber nicht weiß, was drinsteht, wie solln's denn wir dann wissen!

FRAU: Natürlich weiß er das, was drin stehen soll, nur wo es drinsteht, in was für einer Zeitung, das weiß er nicht! Zu mir hat er g'sagt, in der gestrigen ... Hallo! Hallo! – Sie, Herr! – Du, da ist der Herr! – Sie, die gestrige Zeitung hab ich leider nicht mehr bekommen, wo das drinstehn soll, was Sie suchen ...

HERR: Ach, das ist nicht so wichtig, – ich hab nur wissen wollen, was im Zoologischen Garten der Eintritt kostet!

V: Aber das ist eine Überraschung für mich! Ihr Herr Schwager, der Lorenz, mein bester Freund, ist gestern gestorben.

K: Ja! Ja! – Das ist schnell gegangen! Der hätte ruhig noch so 10 bis 20 Jahre leben können.

V: Ja ruhig! – Ich hab ihn ja gern mög'n – er war ein lieber Mensch – einer meiner besten Freunde – wirklich!

K: Ja, er hat bei Lebzeiten oft von Ihnen erzählt und von den Stück'ln, die ihr beide gemacht habt.

V: O mei – ich hätt nicht 'glaubt, daß dieses Freundschaftsband so schnell und jäh zerrissen wird!

K: Ja, das hätt niemand so schnell geglaubt.

V: Ich kann's noch gar nicht recht fassen, daß der Lorenz – so ein wackerer Kamerad – schon von uns gegangen sein sollte!

K: Er hätt halt nicht so viel trinken soll'n! 's Bier hat er halt gern mög'n.

V: Ja mei, wenn er's net so gern mög'n hätt, hätt er sicher net so viel trunken. – Aber daß es so schnell geht, hätt nicht jedermann geglaubt!

K: Ja, es ist fast allzu schnell gekommen!

V: Aber ich darf sagen, ich hab viele Freunde, aber mein bester Freund war und bleibt der Lorenz. Wie oft hat er mir in der Not ausg'holfen, wenn's grad net g'stimmt hat! »Lorenz« – hab i g'sagt, »i bin momentan in Verlegenheit«; – schon hat er mir 50 Mark in die Hand gedrückt.

K: Das stimmt, er war zu gut, zu gut!

V: Seh'n Sie, Frau Oberberger, das sind Freunde, und solche Leut müssen fort.

K: Ja, – in der Hinsicht war er großzügig!

V: Er war ein Mensch, der andern Menschen gezeigt hat, was ein Mensch ist. Er war immer nobel!

K: Ja – nur nobel, das kann man nicht anders sagen! Ihnen gegenüber sogar sehr nobel – hat er mir oft gesagt.

V: Einmal, wie es mir recht dreckig gangen ist – ich war damals ganz am Hund – und trotzdem er selbst nicht auf Rosen gebettet war, hat er mir mit 500 Mark gutg'standen. Das werd' ich ihm in Ewigkeit nicht vergessen.

K: Ja, – so war er! Er hat eine edle spendende Seele g'habt! – Ja, die hat er g'habt!

V: Ja, die hat er g'habt! – Und jetzt hat er das Zeitliche gesegnet, der gute Lorenz!

K: Das Zeitliche hinter sich – ja, das kann man wohl sagen.

V: Zu jedem Namens- und Geburtstag hat er mir gratuliert. Da schaun's her, Frau Oberberger, das Zigarrenetui *schnackelt* hat er mir auch g'schenkt! Das wird mir ein nie vergessendes Andenken bleiben!

K: Ich hab noch eine Photographie zu Hause, wo Sie und der Lorenz armumschlungen im Salvatorkeller sitzen.

V: Ja, – das war'n Zeiten! Für mein Freund Lorenz wär ich jederzeit durch's Feuer gegangen – ja! – Ich schon!!!

K: Davon bin ich überzeugt!

V: Wann ist denn die Beerdigung?

K: Am Sonntag um 3 Uhr!

V: Am Sonntag um 3 Uhr – – schad, – da muaß i nach Daglfing zum Rennen – da kann i leider net komma! Na ja – verwandt war'n wir ja eigentlich nicht zueinander!

Die Heirats-Annonce

Schalterraum-Geräusche, Zeitungblättern.

RUNDFUNK-ANSAGER: Verehrte Hörerinnen und Hörer! – Wir bringen Ihnen nun einen Hörbericht von einem Schalterraum des ›Allgemeinen Stadtboten‹. – Wir schalten um!

V: Verzeihen Sie, Fräulein, bin ich hier am richtigen Schalter? In Ihrer Zeitung stand eine Heirats-Annonce: »Einsame Witwe sucht zum 2. Mal ihr Glück in der Ehe, usw.« Ich habe diese Annonce gelesen – ungefähr – vor 4–5 Wochen in Ihrem Blatte, und die Zeitung ging mir verloren. Oh bitte, sind Sie doch so gut und suchen Sie mir die Zeitung mit dieser Annonce!

K: Ja du lieber Gott, wenn Sie nicht den genauen Datum wissen, läßt sich das schwer machen.

V: Die Annonce war ungefähr 5 cm lang und 3 cm breit. »Einsame Witwe sucht zum 2. Mal ihr Glück usw.«

K: Vor 4 bis 5 Wochen, sagen Sie? – Ja, Sie können doch nicht verlangen, daß ich alle diese Zeitungen, die seit 5 Wochen erschienen sind, durchblättere!

V: Sind Sie doch so lieb! Vielleicht ist es schon in den ersten Nummern enthalten!

K: No, – das wäre ein großer Zufall!

V: »Einsame Witwe sucht zum 2. Mal ihr Glück in der Ehe usw.« Die Annonce ist ungefähr 5 cm lang und 3 cm breit.

K: Das ist doch unmöglich, unter so vielen Zeitungen die Anzeige herauszufinden!

V: Aber es ist dring'standen!

K: Ja ja, da steht mehr drin!

V: Ja, das andere interessiert mich nicht; mich interessiert nur die eine Annonce. Die Annonce ist, wie gesagt, zirka 5 cm lang und 3 cm breit, und der Text ist: »Einsame Witwe sucht zum 2. Mal ihr Glück in der Ehe usw.«

K: Ja, so schaun Sie doch her, das ist jetzt schon die 10. Zeitung; ich habe doch schließlich andere Arbeit auch noch zu machen!

V: Fräulein! Sind Sie doch so nett! Sie helfen mir vielleicht zu meinem Glück! Es hängt alles von dieser Annonce ab, von dieser kleinen Annonce, 5 cm lang und 3 cm breit, »Einsame Witwe sucht zum 2. Mal ihr Glück in der Ehe usw.«

K: Ja, das weiß ich jetzt bereits, wie die Annonce lautet, aber Sie sehen ja selbst – ich finde diese Annonce nicht.

V: Vor 4 bis 5 Wochen habe ich dieselbe selber gelesen: »Einsame
    Witwe sucht …«

K: Ja, so hören S' doch jetzt endlich einmal auf mit der einsamen
    Witwe!

V: Aufhören, Fräulein! – Anfangen will ich mit der einsamen
    Witwe, nicht aufhören! Deshalb ersuche ich Sie ja, so lange zu
    suchen, bis wir sie haben! Die Annonce ist ungefähr …

K: … 5 cm lang und 3 cm breit! Solche Annoncen in dieser Größe
    sind nach den Hunderten in unserer Zeitung.

V: Ja ja, das glaube ich schon, aber es handelt sich ja bei dieser
    Annonce nicht nur um die Größe allein, sondern um den Text –
    »Einsame Witwe sucht zum 2. Mal ihr Glück in der Ehe«.

K: Ja, Ehe! – – Ehe wir die Annonce finden, suchen's Ihnen a andere
    Witwe! Da gibt's genug in München!

V: Nein, – ich will nur eine »einsame Witwe, die zum 2. Mal ihr
    Glück in der Ehe sucht«!

K: Jetzt mag ich nicht mehr! Da schaun's her! Jetzt hab ich alle
    Heirats-Annoncen der letzten 5 Wochen durchgeschaut, da ist
    keine drinn. Haben Sie die Annonce auch bestimmt in unserem
    Blatt gelesen?

V: Ja, – ganz bestimmt!

K: Vielleicht haben Sie's im ›Landboten‹ gelesen? Wir sind die Re-
    daktion vom ›Stadtboten‹.

V: Ja! – Im ›Landboten‹!

K: Ja, Sie saudummer Hanswu …

RUNDFUNK-ANSAGER: Wir schalten um!

Der neue Buchhalter

KARLSTADT: Also, Herr Maier, Sie beginnen heute Ihre Tätigkeit in meinem Geschäft als Buchhalter.

VALENTIN: Jawohl, Herr Meier.

KARLSTADT: Es ist natürlich wieder ein Verhängnis, daß Sie auch Maier heißen, genau wie ich.

VALENTIN: Jawohl, Herr Meier, aber ich schreibe mich Maier mit ai und Sie, Herr Meier, mit ei.

KARLSTADT: Nun ja, aber wies der Kuckuck haben will, haben wir noch mehrere Meier in unserer Fabrik, und zwar mein Teilhaber, der heißt auch Meyer.

VALENTIN: Was Sie nicht sagen! Aha! Das ist natürlich tafal – fatal, das muß ja zu Verwechslungen führen.

KARLSTADT: Nein, nein, Verwechslungen gibt es da nicht, denn der Teilhaber schreibt sich ja Meyer mit Ypsilon.

VALENTIN: Verzeihung! So, so, dann natürlich nicht.

KARLSTADT: Dann haben wir noch einen weiteren Meier bei uns, und zwar den Hausmeister.

VALENTIN: So? Was Sie nicht sagen!

KARLSTADT: Der heißt aber Gott sei Dank Meir.

VALENTIN: Meir! Aha!

KARLSTADT: Also hinten ohne e.

VALENTIN: So? Nur vorne? Das ist natürlich kinderleicht, den und die andern Meier auseinanderzukennen.

KARLSTADT: Na, das will ich nicht sagen! Der Hausmeister Meir muß nur sehr prägnant ausgesprochen werden.

VALENTIN: Aha! Natürlich, Herr Meier, also Meirrr.

KARLSTADT: Ja. Also, das wären nun mal die vier Meier in meinem Geschäft. Nun zu den Kunden und Geschäftsleuten!

VALENTIN: Selbstverständlich!

KARLSTADT: Da schreiben sich nahezu ein halbes Dutzend ebenfalls wieder Meier in allen Variationen.

VALENTIN: Was Sie nicht sagen!

KARLSTADT: Merken Sie sich nun, was ich Ihnen sage!

VALENTIN: Jawohl, Herr Meier.

KARLSTADT: Also, passen Sie auf, Herr Maier!

VALENTIN: Jawohl.

KARLSTADT: Unser Holzlieferant heißt Mayer. Den können Sie aber mit sich nie verwechseln –

VALENTIN: Selbstverständlich!

KARLSTADT: – weil Sie sich ja mit ai schreiben –

VALENTIN: Aha!

KARLSTADT: – er aber mit ay, verstehen Sie?

VALENTIN: Aha, also so wie der Hausmeister.

KARLSTADT: Wieso der Hausmeister? Der Hausmeister schreibt sich doch Meir. Ohne hinten mit e.

VALENTIN: Richtig, richtig! Ohne hinten mit e. Ich war jetzt in Gedanken – ohne hinten mit e, Verzeihung.

KARLSTADT: Hinten ohne e, verstehen Sie?

VALENTIN: Selbstverständlich, selbstverständlich!

KARLSTADT: Zu aller Fatalität heißt nämlich mein Schwiegersohn auch noch Mejer –

VALENTIN: Was Sie nicht sagen!

KARLSTADT: – aber Mejer mit Jot.

VALENTIN: Aha, mit Jod.

KARLSTADT: Und dann haben wir noch einen Kunden mit dem Namen Meierer.

VALENTIN: Soso?

KARLSTADT: Um aber Verwechslungen zu vermeiden, ist es das einfachste, Sie merken sich die Schreibweisen der vielen Meier.

VALENTIN: Selbstverständlich, selbstverständlich.

KARLSTADT: Also, erstens meine Wenigkeit, M-e-i-e-r geschrieben.

VALENTIN: Geschrieben, ja.

KARLSTADT: Ihre Wenigkeit, M-a-i-e-r geschrieben.

VALENTIN: Selbstverständlich.

KARLSTADT: Mein Teilhaber, M-e-y-e-r geschrieben.

VALENTIN: Geschrieben.

KARLSTADT: Der Hausmeister Meir, M-e-i-r ohne e hinten am Schluß geschrieben.

VALENTIN: Jawohl.

KARLSTADT: Der Holzhändler, M-a-y-e-r geschrieben; mein Schwiegersohn, M-e-j-e-r geschrieben.

VALENTIN: Geschrieben.

KARLSTADT: Und ein Kunde, M-e-i-e-r-e-r geschrieben.

VALENTIN: Selbstverständlich.

KARLSTADT: Sehen Sie, so wäre es sehr einfach und jede Verwechslung ausgeschlossen.

VALENTIN: Jawohl, jawohl.

KARLSTADT: Dann noch ein wichtiger Punkt. Wenn der eine oder andere Meier ins Geschäft kommt, dann ist es ja leicht für Sie, im Laufe der Zeit die vielen Meier auseinanderzukennen.

VALENTIN: Selbstverständlich!

KARLSTADT: Sagen wir, der Maier – mit i geschrieben, hat zum Beispiel ein gestreiftes Taschentuch, nicht wahr.

VALENTIN: Jawohl.

KARLSTADT: Oder der – der Meyer mit Ypsilon – sagen wir – der, der trägt vielleicht einen schmutzigen Kragen.

VALENTIN: Aha! Wenn er aber einen frischen Kragen trägt, Verzeihung.

KARLSTADT: Na ja, dann erkennen Sie ihn eben dann am frischen Kragen!

VALENTIN: Aha.

KARLSTADT: Kritisch ist die Sache mit den vielen Meiern nur am Telephon, weil man diese Kerle nicht sieht.

VALENTIN: Selbstverständlich! Dann einen Fernsehapparat!

KARLSTADT: Fernsehapparat!! Soweit sind wir noch nicht!

VALENTIN: Soso.

KARLSTADT: Also, sagen Sie, Herr Maier, haben Sie gut aufgepaßt, was ich Ihnen gesagt habe?

VALENTIN: Selbstverständlich.

KARLSTADT: Also, wiederholen Sie die Schreibweisen der vielen Meier!

VALENTIN: Jawohl! Also der eine Meier hat vorne ein schmutziges Taschentuch und hinten ein Ypsilon.

KARLSTADT: Ach Gott! Lieber Gott!

VALENTIN: Und der zweite Meier hat hinten das a und vorne reibt er sich mit Jod ein.

KARLSTADT: Ja, Sie Idiot! Sie sagen ja alles verkehrt! Sie sind ja unmöglich! Was würden Sie tun, wenn die vielen Meier jetzt plötzlich alle kämen?

VALENTIN: Zusperrn und keinen hereinlassen, Herr Meier!

ANNI: Simmerl, Simmerl! Wo bist denn?

SIMMERL: Do!

ANNI: Wo?

SIMMERL: Do!

ANNI: I seh di ja net.

SIMMERL: Deswegen bin i do da.

ANNI: Ja, hörn tua i di scho, aber sehn tua i di net.

SIMMERL: Ja, des ko i scho versteh, weilst halt im Finstern nix siehst.

ANNI: Aba warum hört ma nacha im Finstern was?

SIMMERL: Ja warum? Hörst du ebba jetzt grad was?

ANNI: Freili! Di hör i!

SIMMERL: Warum grad ausgrechnet mi?

ANNI: Weil halt sunst wahrscheinli neamand da is.

SIMMERL: Ja, woaßt du des gwiß?

ANNI: Freili woaß i des gwiß, sunst tat i do außer dir no ebbs hörn.

SIMMERL: Hörst du mi denn aa, wenn i nix red?

ANNI: Sell woaß i net; red amal nix, ob i nacha was hör.

SIMMERL: Ja, jetzt paß auf, jetzt red i nix. – – – – – Hast des jetzt ghört, wia i nix gredt hab?

ANNI: Ja, tadellos – und des hab i nacha ghört, wiasd gsagt hast: »Hast des jetzt ghört, wia i nix gredt hab?«

SIMMERL: So, des hast ghört? – Aber des andere net?

ANNI: Was für a anders?

SIMMERL: No ja, wia i nix gredt hab.

ANNI: Na, zuaghört hab i scho, aber ghört hab i nix.

SIMMERL: Des is gspaßig, gell, mit dera Hörerei.

ANNI: Ja, des is wohl gspaßig. – Du, Simmerl! Probiern ma des gleiche mitm Sehn aa, statt mitm Horchn; schaug amal net, ob i di na seh.

SIMMERL: Ja, is scho recht. – Jetzt schaug i amal net. – – – – – Jetzt hab i net gschaugt, hast mi gsehn?

ANNI: Na!

SIMMERL: Hast mi wirklich net gsehn?

ANNI: Na!

SIMMERL: Ja, wo hastn nacha dann hingschaugt?

ANNI: Nirgends.

SIMMERL: Warum hast denn dann nirgends hingschaugt?

ANNI: Ja, wo hätt i denn sonst hinschaun solln?

SIMMERL: Ja mei, zu mir her hättst schaun solln!

ANNI: Im Finstern seh i di doch net.

SIMMERL: Ja, warum net?

ANNI: Wenn du des net woaßt, wia solls denn dann i wissn? Wo i doch vui dümmer bin als du.

SIMMERL: Na Anni, des kannst aa net sagn, mir zwoa san scho gleich dumm, sunst kunnt ma net so saudumm daherredn.

ANNI: War des saudumm, was mir jetzt grad gredt ham?

SIMMERL: Na, ganz saudumm no net.

ANNI: No net? – Was is denn nacha ganz saudumm?

SIMMERL: Ganz saudumm wär zum Beispiel des, wenn i zu dir gsagt hätt: »Anni, halt dir amal d' Ohrn zua, dann schaug i, ob i di riach.«

ANNI: So, des is ganz saudumm?

SIMMERL: Ja, des wär ganz saudumm.

ANNI: O mei, bin i saudumm, daß i net amal gwußt hab, was ganz saudumm is!

VALENTIN: Guten Tag, Herr Apotheker.

KARLSTADT: Guten Tag, mein Herr, Sie wünschen?

VALENTIN: Ja, das ist schwer zu sagen.

KARLSTADT: Aha, gewiß ein lateinisches Wort?

VALENTIN: Nein, nein, vergessen hab ichs.

KARLSTADT: Na ja, da kommen wir schon drauf, haben Sie kein Rezept?

VALENTIN: Nein!

KARLSTADT: Was fehlt Ihnen denn eigentlich?

VALENTIN: Nun ja, das Rezept fehlt mir.

KARLSTADT: Nein, ich meine, sind Sie krank?

VALENTIN: Wie kommen Sie denn auf so eine Idee. Schau ich krank aus?

KARLSTADT: Nein, ich meine, gehört die Medizin für Sie oder für eine andere Person?

VALENTIN: Nein, für mein Kind.

KARLSTADT: Ach so, für Ihr Kind. Also, das Kind ist krank. Was fehlt denn dem Kind?

VALENTIN: Dem Kind fehlt die Mutter.

KARLSTADT: Ach, das Kind hat keine Mutter?

VALENTIN: Schon, aber nicht die richtige Mutter.

KARLSTADT: Ach so, das Kind hat eine Stiefmutter.

VALENTIN: Ja ja, leider, die Mutter ist nur stief statt richtig, und deshalb muß sich das Kind erkältet haben.

KARLSTADT: Hustet das Kind?

VALENTIN: Nein, es schreit nur.

KARLSTADT: Vielleicht hat es Schmerzen?

VALENTIN: Möglich, aber es ist schwer. Das Kind sagt nicht, wo es ihm weh tut. Die Stiefmutter und ich geben uns die größte Mühe. Heut hab ich zu dem Kind gsagt, wenn du schön sagst, wo es dir weh tut, kriegst du später mal ein schönes Motorrad.

KARLSTADT: Und?

VALENTIN: Das Kind sagt es nicht, es ist so verstockt.

KARLSTADT: Wie alt ist denn das Kind?

VALENTIN: Sechs Monate alt.

KARLSTADT: Na, mit sechs Monaten kann doch ein Kind noch nicht sprechen.

VALENTIN: Das nicht, aber deuten könnte es doch, wo es die

Schmerzen hat, wenn schon ein Kind so schreien kann, dann könnts auch deuten, damit man weiß, wo der Krankheitsherd steckt.

KARLSTADT: Hats vielleicht die Finger immer im Mund stecken?

VALENTIN: Ja, stimmt!

KARLSTADT: Dann kriegt es schon die ersten Zähne.

VALENTIN: Von wem?

KARLSTADT: Na ja, von der Natur.

VALENTIN: Von der Natur, das kann schon sein, da brauchts aber doch net schrein, denn wenn man was kriegt, schreit man doch nicht, dann freut man sich doch. Nein, nein, das Kind ist krank und meine Frau hat gsagt: Geh in d' Apothekn und hol einen –––?

KARLSTADT: Kamillentee?

VALENTIN: Nein, zum Trinken ghörts nicht.

KARLSTADT: Vielleicht hats Würmer, das Kind.

VALENTIN: Nein, nein, die tät man ja sehn.

KARLSTADT: Nein, ich mein innen.

VALENTIN: Ja so, innen, da haben wir noch nicht reingschaut.

KARLSTADT: Ja, mein lieber Herr, das ist eine schwierige Sache für einen Apotheker, wenn er nicht erfährt, was der Kunde will!

VALENTIN: D' Frau hat gsagt, wenn ich den Namen nicht mehr weiß, dann soll ich an schönen Gruß vom Kind ausrichten, von der Frau vielmehr, und das Kind kann nicht schlafen, weils immer so unruhig ist.

KARLSTADT: Unruhig? Da nehmen Sie eben ein Beruhigungsmittel. Am besten vielleicht: Isopropilprophemilbarbitursauresphenildimethildimenthylaminophirazolon.

VALENTIN: Was sagns?

KARLSTADT: Isopropilprophemilbarbitursauresphenildimethildimenthylaminophirazolon.

VALENTIN: Wie heißt des?

KARLSTADT: Isopropilprophemilbarbitursauresphenildimethildimenthylaminophirazolon.

VALENTIN: Jaaaa! Des is! So einfach, und man kann sichs doch nicht merken!

KARLSTADT: O mei, Herr Nachbar, Sie haben ja von historischen Ereignissen nicht die geringste Ahnung.

VALENTIN: Ja, glaubens mir doch, der Trompeter von Säckingen war ein ganz einfacher Mann, nur mit dem Unterschied, daß er immer eine Trompete dabeighabt hat.

KARLSTADT: Wieso immer eine Trompete?

VALENTIN: Na ja, wie ein anderer seinen Regenschirm dabei hat, so hat der eine Trompete bei sich gehabt.

KARLSTADT: Nein, nein, Sie verwechseln den Mann, Sie meinen wahrscheinlich den Mann mit der Flöte, dem die Ratten und Mäuse nachgelaufen sind, wenn er geflötet hat.

VALENTIN: Ja, lieber Herr, das war ja der Rübezahl, der immer die Rüben gezählt hat. Der hat zu der Zeit, als der Trompeter von Säckingen geblasen hat, gelebt hat, wollt ich sagen, noch gar nicht gelebt.

KARLSTADT: Was? Der hat nicht gelebt? Wenn er nicht gelebt hätte, hätte er ja niemals Trompete blasen können.

VALENTIN: Freilich hat er gelebt!

KARLSTADT: Jetzt sagen Sie wieder, er hat gelebt.

VALENTIN: Ich hab gsagt, zu der Zeit hat er nicht gelebt, als der Trompeter von Säckingen gelebt hat.

KARLSTADT: Wer?

VALENTIN: Der Trompeter von Säckingen.

KARLSTADT: Sie haben doch im Moment behauptet, der Rübezahl hat nicht gelebt, zur Zeit als der Trompeter von Säckingen gelebt hat.

VALENTIN: Das kann schon sein! – Also einer von den zwein hat nicht gelebt, das weiß ich aus Erfahrung. Das hat mir nämlich mein ehemaliger Vater immer oft erzählt. Der Herr Trompeter von Säckingen, hat er gesagt, war beim Dreißigjährigen Krieg Trommler.

KARLSTADT: Geh! So a Schmarrn! A Trompeter ist doch kein Trommler!

VALENTIN: Lassen Sie mich bitte ausreden; der Trompeter von Säckingen war ein gelernter Trommler, aber während einer früheren Schlacht, 1333, wurde ihm von einem bösen Hunnensoldaten die Trommel entzweigeschlagen, und das ärgerte ihn so, daß er das Trompetenblasen lernte.

KARLSTADT: Der Trompeter von Säckingen war doch der, der einst mit seiner Trompete das schöne Lied geblasen hat.

VALENTIN: Stimmt! »Behüt dich Gott, es wär so schön gewesen, behüt dich Gott, es hat nicht sollen sein!«

KARLSTADT: Das gibts nicht, das ist technisch nicht möglich, daß einer mit der Trompete den Text blasen kann.

VALENTIN: Was für einen Text?

KARLSTADT: Na ja, »Behüt dich Gott, es wär so schön gewesen«.

VALENTIN: Das behaupte ich auch gar nicht. Die Worte kann er freilich nicht blasen, die kann er nur singen.

KARLSTADT: Ja, hat denn der zum Trompetenblasen nebenbei noch singen können?

VALENTIN: Nein! Er hat nur die Melodie geblasen.

KARLSTADT: Wer hat dann aber die Worte gesungen: »Behüt dich Gott, es wär so schön gewesen?«

VALENTIN: Das hat sie gesungen.

KARLSTADT: Wer sie? – Also die Frau Trompeter von Säckingen?

VALENTIN: Nein! Nicht seine Frau, seine Geliebte hat das gesungen.

KARLSTADT: Ah, jetzt begreif ichs, er hat geblasen und sie hat dazu gesungen.

VALENTIN: Ja, anders kann es nicht gewesen sein! – Sie hat beim Mondenschein auf ihn gewartet und dann ist er gekommen und hat das Lied mit der Trompete geblasen und sie hat mitgesungen.

KARLSTADT: Ah – und da ist wahrscheinlich einer dazugekommen und hat den Text mitstenographiert?

VALENTIN: Nein, der hat eben nicht mitstenographieren können.

KARLSTADT: Warum nicht?

VALENTIN: Der hat so laut blasen, daß man den Text nicht verstanden hat.

KARLSTADT: Hm! So a Rindviech!

FRAU: Ach, is des a netts Hunderl! Hams des schon lang?

HERR: Ja ja, schon zehn Jahr.

FRAU: So so, insgesamt?

HERR: Selbstverständlich!

FRAU: Warum darf er denn nicht frei laufen?

HERR: Er hat keinen Beißkorb.

FRAU: Ja, beißt er denn?

HERR: Ja woher, nicht im geringsten!

FRAU: Dann braucht er doch keinen Beißkorb.

HERR: Doch, ohne Beißkorb darf er nicht Straßenbahn fahren.

FRAU: Aber er fährt doch jetzt nicht Straßenbahn.

HERR: Jetzt nicht, es ist ja auch gar keine Straßenbahn da.

FRAU: Aber da kommt alle Augenblick eine.

HERR: Das nützt mir nichts, ich darf doch nicht fahren, weil ich keinen Maulkorb hab.

FRAU: Sie brauchen doch keinen. Nur das Hunderl muß einen haben.

HERR: Des weiß ich schon, der hat ja einen, nur dabei hab ich ihn nicht.

FRAU: Ja, dann dürfens freilich nicht in die Straßenbahn hinein.

HERR: Natürlich darf ich nicht hinein, dann fahr ich halt mit der nächsten.

FRAU: Ach so, ich hab geglaubt, Sie wollen schon mit dieser fahren.

HERR: Freilich wollt ich mit dieser fahren, aber bis ich heim lauf und hol den Beißkorb, ist doch die Straßenbahn weggefahren, die kann doch auf mich nicht zehn Minuten warten.

FRAU: Ja, des kann auch der Schaffner nicht machen, denn wenn er nicht wegfährt, dann würden sich ja die nachkommenden Straßenbahnwagen stoppen, des geht nicht, des könnens auch nicht verlangen, daß wegen so einem kleinen Hunderl …

HERR: Freilich kann ich das nicht verlangen, das weiß ich schon selber. Lassens mir jetzt mei Ruah mit dera saudumma Fragerei, kümmern Sie sich um Ihre Kinder und net um andere Leut ihre Viecher! Man hat ja so so viel Ärger und Verdruß mit den Hunden. Mitten in der Nacht muß man oft ausm warmen Bett raus und muß die Tiere nunterlassen. In Hof dürfens nicht nunter, in Hausflur sollens nicht. Ja, wir Menschen habens bequem, aber ich kann meinem Hund nicht zumuten, daß er aufs WC geht. 's ganze

Jahr hat ma mitn Hausherrn und dem Hausmeister Streitigkeiten wegen den Hunden – wie gestern abend zum Beispiel: setzt sich mein Hund mitten aufs Trottoir und macht sein großes Geschäfterl; ein Herr sieht das, kommt auf mich zu, brüllt mich an: »So eine Sauerei, haben wir den Bürgersteig deshalb, daß diese Sauviecher ihn beschmutzen dürfen?! Der Hund weiß es natürlich nicht, daß das der Bürgersteig ist, aber Sie blöder Kerl könnten das wissen! Ich glaube, die Straße ist breit genug für derlei Verrichtungen!«

FRAU: Ja, mei, aber auf d'Straßn soll so ein Hunderl auch wieder nicht, da schrein dann die Autofahrer und Radfahrer glei wieder: »Weg von der Straßn mit dem Sauhund!«

HERR: Na ja, ich hab mich belehren lassen, und an andern Tag, wie mein Hund sich wieder aufs Trottoir setzt und will sein großes Geschäfterl machen, hab ich ihn sofort mit der Leine vom Bürgersteig heruntergezogen auf d' Straßn. Schreit mich ein Mann an: »Sie unverschämter Kerl, den Tierschutzverein sollt man holen, mitten unterm Geschäft zieht der rohe Mensch das arme Hunderl auf die Straße hinunter. Angezeigt gehören Sie, so ein Rohling!«

FRAU: Ja mei! Was machens denn dann morgen, wenn das Hunderl wieder müssen muß?

HERR: Aufs Hausdach geh ich mit meim Hund hinauf, oder ich laß ihn einschläfern und dann ausstopfen.

FRAU: Da hams recht. Dann braucht er sein Geschäfterl nimmer ausüben, dann hat er für immer ausgeschäftelt.

VALENTIN: Ha, da sind Sie ja, Sie gemeiner Kerl! Seit Monaten suche ich diesen Schurken, der sich erlaubt, meiner Frau heimliche Liebesbriefe zu schreiben! Endlich habe ich Sie erwischt! – Hier haben Sie die Belohnung dafür – hier die zweite – Sie Schuft! – Hier noch eine und dann noch eine – Sie Hochstapler Sie! – Nun haben Sie für Ihre Gemeinheit Ihren Tee bekommen – Sie, Herr Otto Keilhauer!

KARLSTADT: Wie kommen Sie dazu, mich hier zu beohrfeigen? Erstens kenne ich Ihre Frau gar nicht, und zweitens heiße ich nicht Otto Keilhauer, sondern Alois Freiberger.

VALENTIN: Waaas? Sie sind nicht der Herr Otto Keilhauer? Das ist doch nicht möglich! Sie sind wirklich nicht Otto Keilhauer? Das tut mir aber leid – so eine frappante Ähnlichkeit! Entschuldigen Sie vielmals!

KARLSTADT: Halt, halt! Was heißt entschuldigen – so einfach ist die Sache nicht! Sie haben mich beleidigt und geohrfeigt!

VALENTIN: Gut! Ich nehme die Beleidigungen mit größtem Bedauern zurück.

KARLSTADT: Und die Ohrfeigen?

VALENTIN: Ja, die Ohrfeigen kann ich mit bestem Willen nicht mehr zurücknehmen, das ist technisch nicht möglich.

KARLSTADT: Das sehe ich schon ein, aber ich kann sie Ihnen wieder zurückgeben, das ist technisch möglich.

VALENTIN: Ja, das hat aber keinen Sinn; ich bin ja nicht der Otto Keilhauer, denn der hätt sie ja bekommen sollen.

KARLSTADT: Ja ja, aber ich bin auch nicht der Otto Keilhauer und Sie haben mir die Ohrfeigen doch gegeben.

VALENTIN: Ja, verstehen Sie mich denn nicht, ich habe sie Ihnen nur deshalb gegeben, weil ich der Meinung war, Sie seien der Otto Keilhauer.

KARLSTADT: Was heißt seien, wenn ich es nicht bin!

VALENTIN: Aber dafür kann doch ich nichts, wenn Sie dem so frappant ähnlich sehen!

KARLSTADT: Ja, kann denn ich da was dafür?

VALENTIN: Nein, aber ich doch noch weniger.

KARLSTADT: Schauen Sie sich das nächste Mal die Leute besser an, denen Sie Ohrfeigen geben wollen, dann kommt so was nicht mehr vor.

VALENTIN: Das hätte ich auch gemacht, aber Sie sind so schnell an mir vorbeigegangen, daß ich Sie nur flüchtig sehen konnte.

KARLSTADT: Ja Sie Idiot, ich kann doch wegen Ihnen nicht langsam gehen, damit Sie genau erkennen, ob ich dieser Keilhauer bin oder nicht.

VALENTIN: Dieses Geschwätz hat jetzt gar keinen Wert, ich hab mich bei Ihnen entschuldigt und wegen der Ohrfeigen müssen wir uns jetzt halt einigen.

KARLSTADT: Was heißt einigen – ich verklage Sie!

VALENTIN: Das tun Sie bitte nicht, dann haben wir bloß noch Laufereien. Sie sagen mir, was Sie für eine Ohrfeige verlangen, und ich bezahle.

KARLSTADT: Gut, wieviel Ohrfeigen haben Sie mir gegeben?

VALENTIN: Soviel ich mich noch erinnere, sechs Stück.

KARLSTADT: Was bezahlen Sie mir für das Stück?

VALENTIN: Ich denke 1 Mark.

KARLSTADT: Sie unverschämter Kerl, für solche Prachtohrfeigen nur 1 Mark, das ist ja Preisdrückerei, merken Sie sich das!

VALENTIN: Mehr kann ich unmöglich bezahlen!

KARLSTADT: Gut, dann verklage ich Sie.

VALENTIN: Na, dann sagen wir für eine Ohrfeige 1.50 Mark, sechsmal 1.50 sind 9 Mark; hier haben Sie 9 Mark!

KARLSTADT: Danke schön, danke schön! Das war eigentlich ein schnell verdientes Geld! Da wird sich der Herr Otto Keilhauer ärgern, wenn er erfährt, daß Sie ihn mit mir verwechselt haben!

KARLSTADT: Ja, wer kommt denn da daher, der Herr Gruber!

VALENTIN: Ja, grüß Gott, Frau Eisele! Darf ich Ihnen meinen Freund vorstellen?

FREUND: Gell!

KARLSTADT: Sehr angenehm, Eisele; ja und wie gehts Ihnen immer, Herr Gruber?

VALENTIN: Ja mei – an Mordsschnupfen hab ich ghabt vor acht Tagen, gell, da bin ich in den Zug gkommen, gell, war erhitzt, gell, und schon hab ich an Schnupfen ghabt, gell. Dann hab ich mir eine Schnupfensalbe gekauft, gell, und gnützt hats nichts, gell, da kann ich mich so ärgern, gell; an Telephon hams erfunden, gell, an Telegraphen, gell, an Radio, gell, einen Fernsehapparat, gell, aber für an einfachen Schnupfen hams heut noch nichts erfunden, gell, die gescheiten Menschen, gell!

KARLSTADT: Ja Sie, Herr Gruber, ich merke ja da, daß Sie eine furchtbare Angewohnheit haben; Sie sagen ja bei jedem dritten Wort: gell! Ist Ihnen das noch nicht aufgefallen?

VALENTIN: Stimmt, das haben mir schon mehr Leute gsagt, gell!

KARLSTADT: Da, jetzt ham Sies schon wieder gsagt! Das müssen Sie sich abgewöhnen, denn das wird immer ärger. Das haben jetzt so viele Leute – dieses Gell-Sagen. Das wird schon bald eine Krankheit, eine Eptimedie.

VALENTIN: Deptimechi! Das ist ja schrecklich, gell!

KARLSTADT: Da habn Sies schon wieder gsagt! – Schaun Sie, im Jahre 1845 wütete in München die Cholera. Seit dieser Zeit sind wir Gott sei Dank von Pesten verschont geblieben. Es gibt gefährliche und ungefährliche Pesten und Seuchen. Seit einigen Jahren wütet nun in München und Umgebung, beinahe in ganz Bayern, die Gellpest. Der davon Befallene weist körperlich und seelisch nicht die geringsten krankhaften Symptome auf, hab ich glesen in der Zeitung, der Blutdruck ist normal, alle Körperteile sind intakt bis auf die Zunge. Man könnte diese Pest statt Gellpest auch Zungenpest betiteln, hab ich glesen in der Zeitung. Ob es eine krampfhafte Vibration des Sprachmuskelgewebes ist, ist noch nicht festgestellt. In der Klinik Abteilung Sprachstörungen können die von der Gellpest Befallenen schon seit Jahren wegen Platzmangel nicht mehr aufgenommen werden.

VALENTIN: Ja, um Gottes willen, glauben Sie, daß ich die Gellpest schon habe?

KARLSTADT: Ja, noch nicht so stark. Sie sagen nach jedem Satz gell, aber da gibt es Menschen, die können schon bald überhaupt nichts mehr sagen wie gell.

VALENTIN: No, mei Freund, der Wimmer, der hat dann schon die Gellpest.

KARLSTADT: Ja, heißen denn Sie Wimmer? Sie haben sich doch vorgestellt als Gell!

VALENTIN: Ja, weil er nichts mehr anderes sagen kann als gell! – Red amal, Wimmer!

FREUND: Gell gell gell gell gell gell gell gell gell gell gell gell gell.

KARLSTADT: Das ist ja schrecklich! Der Herr kann ja wirklich nichts anderes mehr sagen als gell! – Gell?

VALENTIN: Jetzt sagn Sie auch schon gell! – Gell!

BICHELBAUER *zu seinem Knecht Michl*: Spann schnell ein und fahr mitn Leiterwagn zum Berger Pauli nach Olching nüber und hol die altn Kistn, die er mir no net zruckgebn hat!

MICHL: Kistn soll i hoin – ja, da woaß ja i no gar nix davo.

BAUER: Des glaub i scho, daß du da no nix davo woaßt – drum sag i dirs ja.

MICHL: Woaß des da Berger Pauli, daß i de Kistn holn soi?

BAUER: Woher soll er denn des wissen, deswegn schick i di ja nüber, daß du eahm sagn sollst, daß du de Kistn holn willst.

MICHL: Wenn aber da Berger Pauli net dahoam is?

BAUER: Wenn da Berger Pauli net dahoam is, kannst dus eahm natürli net sagn, aber sei Frau werd scho da sei.

MICHL: Soll ichs dann da Frau Berger sagn?

BAUER: Freili!

MICHL: D'Frau werd halt net wissen, wo de Kistn san.

BAUER: Des woaß i natürli aa net, obs de woaß.

MICHL: Was soll i dann doa, wenns de net woaß?

BAUER: Des woaß i aa net – dann muaßt halt wartn, vis da Berger Pauli kimmt.

MICHL: Wenn aber der Berger Pauli net kimmt, soll ich dann sei Frau fragn, wia lang i wartn soll?

BAUER: Fragn kannst ja.

MICHL: I moan, es is besser, i fahr morgn nüber, da is der Pauli vielleicht sicherer dahoam als heit.

BAUER: Red doch net so saudumm daher, morgn kann er vielleicht noch weniger dahoam sei als heit.

MICHL: Jetz kenn i mi nimmer aus, soll i heit fahrn oder morgn?

BAUER: Einspanna tuast jetzt und fahrst nüber und wennsd de Kisten net kriagst, dann fahrst mitn leern Wagen wieder hoam.

MICHL: Na! Des tua i net, denn wenn i scho einspann und nüberfahr, dann nimm i aa d'Kistn auf alle Fäll mit. Spaziernfahrn tua i net.

BAUER: Spaziernfahrn brauchst ja aa net, denn wenn der Berger Pauli oder sei Frau dahoam san, dann kriagst ja d'Kistn, denn de Kistn san ja mei Eigentum.

MICHL: Woaßt was, Bauer, i spann net ei, i geh zuerst persönli nüber zum Berger Pauli und fragn, ob er dahoam is. Sagt er ja, dann geh i hoam, spann ei, fahr nüber und hol d'Kistn.

BAUER: Des is ganz verkehrt, wennsd scho nüber gehst, dann kannst do glei nüberfahrn! Denn wenn da Pauli dahoam is, kriagst ja d'Kistn, na stehst da und hast koan Wagn dabei und tragn kannst de großn Kistn net.

MICHL: Ja ja, da hast du scho recht, Bauer, aber wia gsagt – da Pauli kannt ja aa net dahoam sei – was nacha?

BAUER: Ganz einfach – wann er wirkli net dahoam is, nacha steckst eahm an Zettel an d'Tür hin, dann woaß der Pauli, daß du da warst.

MICHL: Des mit dem Zettl verstäh i net recht, weil, wenn doch der Berger Pauli net dahoam is, ko er doch den Zettl net lesn!

BAUER: Ja, Rindviech saudumms, freili kann er den Zettl net lesn, wenn er net dahoam is, aba wenn er kimmt, kann ern doch lesn!

MICHL: Ja, wenn er kimmt, brauch i doch koan Zettel, da kann is eahm doch glei selba sagn wegn de Kistn.

BAUER: Ja, bläda Hund, du kannst doch net so lang wartn bis er kimmt!

MICHL: Ja mei, des kummt drauf o, wo er hinganga is, der ko lang ausbleim, ko aber aa sofort wieder da sei.

BAUER: Paß auf, Michl – de Gschicht is ganz einfach, mir schreibn jetzt an Zettl. Gib den Fetzen Papier her, der da aufm Boden liegt, so, da schreim ma jetzt drauf »War da zwegn den Kistn hollen« – so und jetzt spannst ei und fahrst zum Berger Pauli nüber, is er dahoam, dann is recht, is er net dahoam, is d'Frau dahoam, is d'Frau aa net dahoam, steckst den Zettl an d'Tür.

MICHL: Des is aa nets Richtige – weil wenns alle zwoa dahoam san, dann habn mir den Zettel umasunst gschriem.

BAUER: Sakrament, an des hab i net denkt.

MICHL: Woaßt was, Bauer – schenk eahm doch de paar altn Kistn, mir habn ja so sovui so Glump.

BAUER: Guat, i schenks eahm.

MICHL: Und an Zettl?

BAUER: Den zreißt.

INHABERIN: Grüß Gott, Herr! – Sie wünschen?

VALENTIN: Ich hätte da einen Regenschirm zu reparieren!

INHABERIN: An Regenschirm? Na ja! – Da fehlt ja net viel – der kommt in die Werkstatt hinter, da wird er schon fachmännisch behandelt.

VALENTIN: Ja, und wann wird der Schirm fertig?

INHABERIN: Ja, das kommt halt darauf an, wann Sie den Regenschirm brauchen!

VALENTIN: Ja, das kommt darauf an, wann es regnet.

INHABERIN: Ja, das weiß ich natürlich nicht, wann es regnet.

VALENTIN: Ja, von mir könnens des noch weniger verlangen!

INHABERIN: Bräuchtens den Regenschirm diese Woche noch?

VALENTIN: Wenns diese Woche noch regnet, dann schon.

INHABERIN: Mein Gott! – Diese Woche kanns noch regnen – kann aber auch sein, daß es nicht regnet.

VALENTIN: Sollts also diese Woche nicht regnen, regnet es sicher die nächste Woche, regnet es die nächste Woche auch nicht, ist es nicht sicher, ob es die übernächste Woche bestimmt regnet, dann hole ich den Schirm einen Tag früher.

INHABERIN: Also an einem Mittwoch.

VALENTIN: Ob es grad ein Mittwoch ist, kann ich nicht sagen.

INHABERIN: Na ja – das sehen wir dann schon.

VALENTIN: Holen tu ich den Schirm auf jeden Fall, die Hauptsache ist, daß er repariert ist.

INHABERIN: Ja, repariert wird er sofort.

VALENTIN: Ja, wenn er sofort repariert wird, dann könnt ich ihn ja heut noch abholen.

INHABERIN: Freilich könnten Sie ihn heut noch holen, aber heute regnet es ja nicht.

VALENTIN: Dann hat es auch keine Eile mit der Reparatur, nur dann müßt ich ihn halt haben, wenn es zum Regnen kommt.

INHABERIN: Wenn er fertig ist, können Sie den Schirm holen.

VALENTIN: Das ist gar nicht nötig, denn wenn er repariert ist, liegt er bei mir daheim im Kleiderkasten drin, das heißt beim schönen Wetter – aber wenn es schlechtes Wetter wird, ist es natürlich zu spät, wenn man einen kaputten Schirm zum Reparieren bringt.

INHABERIN: Ganz richtig. – Die Hauptsache ist, daß er fertig ist, ob er jetzt bei mir oder bei Ihnen steht. Aber wissen Sie, da kommen oft Kundschaften, wochenlang habens einen kaputten Regenschirm daheim. Plötzlich kommt a schlechtes Wetter, dann kommens mit dem alten Regenschirm daher, dann soll der Regenschirm sofort gemacht werden – und ist er dann fertig – und hörts Regnen auf, dann kommens nimmer – über 100 alte Regenschirme haben wir schon auf dem Speicher, die alle nicht mehr abgeholt worden sind – hoffentlich kommt Ihrer nicht auch dazu!

VALENTIN: Nein, da bin ich gewissenhaft. – Also passens auf, Frau – obs jetzt regnet – oder obs nicht regnet – bis wann könnten Sie den Schirm reparieren?

INHABERIN: Na, sagen wir – bis in – 14 Tagen.

VALENTIN: Bis in 14 Tagen, gut, einverstanden. – Sollts aber in der Zwischenzeit regnen –

INHABERIN: Unsinn – es regnet doch nicht.

VALENTIN: Nein, ich mein ja nur, ich setz den Fall, es tät regnen.

INHABERIN: Gä!!! – Daß ich net lach! – Tät regnen! – Schauens doch den schönen blauen Himmel an!

VALENTIN: Ja Frau! Aber es könnt doch ein Gewitter kommen!

INHABERIN: Ah – papperlapapp – Gewitter wird kommen, jetzt im Juli – da lacht Sie ja jede Kuh aus.

VALENTIN: Frau!!! – Verstehns mich doch endlich. Ich weiß schon, daß es schön ist und daß es vielleicht schön bleibt – mir ist ja doch auch das schöne Wetter lieber als so ein verdammtes hundsgemeines Sauwetter.

INHABERIN: Ja, was erlauben Ihnen denn Sie? – Da habens Ihren alten Regenschirm – und schauns, daß sofort aus meinem Laden hinauskommen, sonst schmeiß ich Ihnen naus! – A so a Gmeinheit, das schlechte Wetter tät der verfluchen – erlauben Sie mir, von was täten dann wir Regenschirmmacher leben? Wenns allaweil schön Wetter wär? Merken Sie Ihnen: Leben und leben lassen!

Schwieriger Kuhhandel

VIEHHÄNDLER *zum Bauern*: Was kost de Kuah?

BAUER: Die is net billig.

VIEHHÄNDLER: Was kost möcht i wissen.

BAUER: Müaßt i zerst d'Bäurin fragn.

VIEHHÄNDLER: Ja ghört de Kuah dir oder der Bäurin?

BAUER: Die ghört uns mitanand.

VIEHHÄNDLER: Obs dir alloa ghört oder der Bäurin, oder euch alle zwoa mitanand, des is mir gleich, i möcht nur wissen, was kost.

BAUER: Die gscheckerte hint war billiger.

VIEHHÄNDLER: Was de kost möcht i wissen.

Die Kuh muht

VIEHHÄNDLER: Di hab i net gfragt, da Bauer soll mirs sagn.

BAUER: Wennst heut a Kuah kaffst, derfst as Geld net oschaugn.

VIEHHÄNDLER: I will jas Geld net oschaugn, i wills ja ausgbn, nur muaßt mas sagn, wieviel i ausgbn muaß für de Kuah?

BAUER: Für de gscheckerte dahinten?

VIEHHÄNDLER: Na, für de da!

BAUER: I an deiner Stell tat de gscheckerte kaffa, weil de is zwar net so schwar und kost net so vui als wia de da.

VIEHHÄNDLER: Ja Bauer, i woaß ja no gar net, was de da kost, vui weniger de ander da hinten.

BAUER: Ja möchst denn alle zwoa kaffa?

VIEHHÄNDLER: Na – bloß oane und zwar de da.

BAUER: Warum na grad de teure?

VIEHHÄNDLER: De Teure? Ja Bauer, dann muaßt ma do zerst an Preis sagn von de zwoa Küah, sonst woaß i doch net, ob de oa teuer is oder de andere.

BAUER: Freili is de oa teurer als de andere, sonst warns ja alle zwoa gleich im Preis.

VIEHHÄNDLER: Ja da Preis is ja mir aa gleich, i tua ja net handeln, i kaff dir ja die Kuah um jeden Preis o.

BAUER: Um jeden Preis? Ja jede Kuah hat ja bloß oan Preis.

VIEHHÄNDLER: Freilich ko oa Kuah net zwoa Preis hamm – so gscheit bin i selber, es gnügt mir ja aa, wennsd ma bloß oan Preis sagst.

BAUER: Den Preis von da gscheckerten?

VIEHHÄNDLER: Na – von de ra da!!

BAUER: I hab dirs doch gsagt, von dera woaß i koan Preis, da muaß i warten, bis d'Bäurin kummt.

VIEHHÄNDLER: Wann kimmt denn d'Bäurin?

BAUER: Des hats ma net gsagt – des müassat da Miche, da Knecht, der müassats wissn.

VIEHHÄNDLER: Ja na frag halt an Miche, wann d'Bäurin kummt?

BAUER: Ja mei, da Miche is net da, der arbeit im Wald drauß.

VIEHHÄNDLER: So – ja und wann kummt denn da Miche hoam?

BAUER: Des woaß i aa net – des müasset aa d'Bäurin wissen.

VIEHHÄNDLER: So, des woaß aa bloß d'Bäurin? – Und was die Kuah kost, des tat aa bloß sie wissen. Die woaß eigentlich vui – – schad, daß nia da is – – ja – na kemma oiso koa Gschäft macha.

BAUER: Schad!

VIEHHÄNDLER: Also na pfüat di Gott, Bauer.

BAUER: Pfüat di Gott aa!

KARLSTADT: Wir haben in der letzten Unterrichtsstunde über die Kleidung des Menschen gesprochen und zwar über das Hemd. Wer von euch kann mir nun einen Reim auf Hemd sagen?

VALENTIN: Auf Hemd reimt sich fremd!

KARLSTADT: Gut – und wie heißt die Mehrzahl von fremd?

VALENTIN: Die Fremden.

KARLSTADT: Jawohl, die Fremden. – Und aus was bestehen die Fremden?

VALENTIN: Aus »frem« und aus »den«.

KARLSTADT: Gut – und was ist ein Fremder?

VALENTIN: Fleisch, Gemüse, Obst, Mehlspeisen und so weiter.

KARLSTADT: Nein, nein, nicht w a s er ißt, will ich wissen, sondern w i e er ist.

VALENTIN: Ja, ein Fremder ist nicht immer ein Fremder.

KARLSTADT: Wieso?

VALENTIN: Fremd ist der Fremde nur in der Fremde.

KARLSTADT: Das ist nicht unrichtig. – Und warum fühlt sich ein Fremder nur in der Fremde fremd?

VALENTIN: Weil jeder Fremde, der sich fremd fühlt, ein Fremder ist und zwar so lange, bis er sich nicht mehr fremd fühlt, dann ist er kein Fremder mehr.

KARLSTADT: Sehr richtig! – Wenn aber ein Fremder schon lange in der Fremde ist, bleibt er dann immer ein Fremder?

VALENTIN: Nein. Das ist nur so lange ein Fremder, bis er alles kennt und gesehen hat, denn dann ist ihm nichts mehr fremd.

KARLSTADT: Es kann aber auch einem Einheimischen etwas fremd sein!

VALENTIN: Gewiß, manchem Münchner zum Beispiel ist das Hofbräuhaus nicht fremd, während ihm in der gleichen Stadt das Deutsche Museum, die Glyptothek, die Pinakothek und so weiter fremd sind.

KARLSTADT: Damit wollen Sie also sagen, daß der Einheimische in mancher Hinsicht in seiner eigenen Vaterstadt zugleich noch ein Fremder sein kann. – Was sind aber Fremde unter Fremden?

VALENTIN: Fremde unter Fremden sind: wenn Fremde über eine Brücke fahren und unter der Brücke fährt ein Eisenbahnzug mit Fremden durch, so sind die durchfahrenden Fremden Fremde unter Fremden, was Sie, Herr Lehrer, vielleicht so schnell gar nicht begreifen werden.

KARLSTADT: Oho! – Und was sind Einheimische?

VALENTIN: Dem Einheimischen sind eigentlich die fremdesten Fremden nicht fremd. Der Einheimische kennt zwar den Fremden nicht, kennt aber am ersten Blick, daß es sich um einen Fremden handelt.

KARLSTADT: Wenn aber ein Fremder von einem Fremden eine Auskunft will?

VALENTIN: Sehr einfach: Frägt ein Fremder in einer fremden Stadt einen Fremden um irgend etwas, was ihm fremd ist, so sagt der Fremde zu dem Fremden, das ist mir leider fremd, ich bin hier nämlich selbst fremd.

KARLSTADT: Das Gegenteil von fremd wäre also – unfremd?

VALENTIN: Wenn ein Fremder einen Bekannten hat, so kann ihm dieser Bekannte zuerst fremd gewesen sein, aber durch das gegenseitige Bekanntwerden sind sich die beiden nicht mehr fremd. Wenn aber die zwei mitsammen in eine fremde Stadt reisen, so sind diese beiden Bekannten jetzt in der fremden Stadt wieder Fremde geworden. Die beiden sind also – das ist zwar paradox – fremde Bekannte zueinander geworden.

KARLSTADT: So so, Sie sind auch ein Jäger? Wann gehn Sie immer auf die Jagd?

VALENTIN: Ja nicht immer! Hie und da oft sehr selten.

KARLSTADT: Aha, also ein sogenannter Sonntagsjäger! Haben Sie schon viel geschossen?

VALENTIN: Geschossen schon viel – aber wenig getroffen!

KARLSTADT: Wie kommt das?

VALENTIN: Ja, da bin ich überfragt. – Ich hab ein sehr gutes Gewehr, Munition, an großen Rucksack, ausgerüstet bin ich gut.

KARLSTADT: Ja ja, die Ausrüstung ist Nebensache, die Hauptsache wär der gute Jäger.

VALENTIN: Was heißt der gute Jäger! Wenn ein guter Jäger keine Ausrüstung hat, dann kann er nichts machen.

KARLSTADT: Sie verstehn mich falsch; ich meine, der beste Jäger mit der besten Ausrüstung trifft nichts, wenn kein Wild da ist; deshalb ist eigentlich die Hauptsache an der ganzen Jägerei das Wild, also die Rehe, Hasen, Rebhühner, Gemsen und dergleichen und so weiter.

VALENTIN: Ja, das ist klar. Wenns kein Wild geben würde, dann gäbs auch jedenfalls keine Jäger.

KARLSTADT: Ja, es gibt aber Wild und Jäger gibts auch!

VALENTIN: Ja freilich gibts Jäger, ich bin ja einer, des hab ich doch schon gsagt!

KARLSTADT: Freilich haben Sie mir des gsagt, das glaub ich ja auch. Ich hab nur wissen wollen, ob Sie schon was geschossen haben!

VALENTIN: Ja freilich! Karpfen, Hechte, Forellen.

KARLSTADT: Was? – Fische haben Sie geschossen?

VALENTIN: Na! Ich bin doch Fischer auch.

KARLSTADT: So so, Sie sind auch Fischer?

VALENTIN: Ja! Ich bin Fischer! Ich hab amal einen Bekannten ghabt, der heißt Fischer und den hab ich amal gfragt, warum er eigentlich Fischer heißt, das hat der gar nicht gewußt.

KARLSTADT: Das find ich nicht so eigenartig, wenn der das nicht gewußt hat, warum er Fischer heißt; da find ich das viel lustiger, daß Sie ein Fischer sind.

VALENTIN: Was heißt da lustiger? Die Fischerei ist doch nicht lustig, eher langweilig.

KARLSTADT: Ja, das stimmt; deshalb ist sie ja so lustig, nicht für den Fischer, aber für die andern!

VALENTIN: Für was für andere?

KARLSTADT: Na ja, für die Zuschauer! Wenn so ein Fischer zum Beispiel fünf Stund lang nach einem Fisch fischt und er zieht dann einen alten Hosenträger raus oder eine alte Matratzenfeder, das ist doch lustig!

VALENTIN: Für uns Fischer nicht! – Und übrigens kommt so etwas ganz selten vor. Und wenn man so altes Zeug raus angelt, so ist da nicht der Fischer schuld, sondern diese andern, die so altes Glump ins Fischwasser hineinwerfen, statt in die Kehrichttonne – die Drecksäue!

KARLSTADT: Ja, wo haben Sie denn Ihr Fischwasser?

VALENTIN: In der Würm.

KARLSTADT: In der Würm? Und mit was fischen Sie da?

VALENTIN: Mit Würm.

KARLSTADT: In der Würm fischen Sie mit Würm?

VALENTIN: Nein! Mit Würm fisch ich in der Würm.

KARLSTADT: Das ist doch das gleiche?

VALENTIN: Haha, Sie sind gelungen! Ich kann doch nicht die Würm an die Angel hinstecken und in die Würm meine Angel hinein-hängen!

KARLSTADT: Ja, also das versteh ich nicht!

VALENTIN: Ja, das kann ich verstehn, daß Sie das nicht verstehn! Habn Sie die Würm noch nicht gsehen?

KARLSTADT: Was für Würm?

VALENTIN: Na, die Würm!

KARLSTADT: Ja, wieviel Würm meinen Sie denn?

VALENTIN: Ja, nur eine!

KARLSTADT: Was? Eine Würm? Das ist doch kein Deutsch! Es heißt doch: die Würmer!

VALENTIN: Ja, Sie können doch nicht sagen: durch Gräfelfing fließt die Würmer! Die Würm ist doch ein Bach, ein kleiner Fluß!

KARLSTADT: Ja, das wußt ich nicht, daß in Gräfelfing die Würm durchfließt, denn ich wohn ja in Planegg.

VALENTIN: Da fließt ja die Würm auch durch!

KARLSTADT: Dieselbe Würm?

VALENTIN: Das weiß ich nicht, ob das dieselbe ist – kann sein!

VALENTIN: Guten Tag, Sie wünschen?

KARLSTADT: Ich komme wegen dem Haus.

VALENTIN: Sie meinen wegen dem Häuschen?

KARLSTADT: In der Zeitung steht Haus.

VALENTIN: Nein, es ist ein kleines Haus, ein Häuschen.

KARLSTADT: Ah, ein Häuslein, ein Häuselchen, ein Häuseleinchen. Steht das Häuschen im Freien?

VALENTIN: Da steht es doch!

KARLSTADT: Ich komme auf das Zeitungsinserat; Sie haben doch das Haus zu verkaufen; ist das hier das Haus?

VALENTIN: Jawohl! Ich verkaufe es ungern, aber ich bin froh, wenn ich es los bin.

KARLSTADT: Wie viele Stockwerke hat das Haus?

VALENTIN: Keines, nur Parterre.

KARLSTADT: Ist es bewohnt?

VALENTIN: Momentan nicht, weil ich heraußen stehe.

KARLSTADT: Wie viele Zimmer?

VALENTIN: Nur eins – dafür keine Treppe, kein Stiegenhaus.

KARLSTADT: Ist das hier eine ruhige Gegend?

VALENTIN: Jawohl. Im Winter hören Sie nicht einmal das Auffallen der Schneeflocken; aber dafür gibt es im Sommer viele Ameisen, aber die gehen ganz leise.

KARLSTADT: Wie steht es mit den Abortverhältnissen?

VALENTIN: Abort ist keiner im Haus.

KARLSTADT: Ja, aber wenn man …

VALENTIN: Der Wald ist fünf Minuten von hier entfernt.

KARLSTADT: Ja, aber bei Nacht?

VALENTIN: Auch nur fünf Minuten.

KARLSTADT: Wann sind Sie in dieses Haus eingezogen?

VALENTIN: Einen Tag später.

KARLSTADT: So früh schon! – Und wie ist es mit der Beleuchtung? Gas oder elektrisch?

VALENTIN: Im Haus und im Freien – überall elektrisch!

KARLSTADT: Ich sehe aber nirgends eine elektrische Leitung.

VALENTIN: Nur elektrische Taschenlampe, brennt überall.

KARLSTADT: Wie alt ist das Haus schon?

VALENTIN: Weiß nicht, habs noch nicht gfragt.

KARLSTADT: Sind Hypotheken drauf?

VALENTIN: Nein, nur ein Kamin.

KARLSTADT: Was bedeuten diese vier Zimmerwände?

VALENTIN: Das sind Stützen.

KARLSTADT: Für was?

VALENTIN: Fürs Hausdach.

KARLSTADT: Ist Ungeziefer im Haus?

VALENTIN: Nein, ich bin noch Junggeselle.

KARLSTADT: So so!

VALENTIN: Jawohl!

KARLSTADT: Legen Sie ...

VALENTIN: Ich nicht!

KARLSTADT: Einen Moment ...

VALENTIN: Bitte!

KARLSTADT: Legen Sie ...

VALENTIN: Nein – aber meine Hühner.

KARLSTADT: Legen Sie Wert darauf, daß das Haus bald verkauft wird?

VALENTIN: Nein, sofort – in sofortiger Bälde!

KARLSTADT: Kaufen Sie sich dann wieder ein neues Haus?

VALENTIN: Niemals mehr! Ich suche ein altes tausend Meter tiefes Bergwerk zu mieten.

KARLSTADT: Und das wollen Sie dann bewohnen?

VALENTIN: Selbstverständlich!

KARLSTADT: Das ist ja unheimlich!

VALENTIN: Schon – aber sicher!

KARLSTADT: Vor wem?

VALENTIN: Vor Meteorsteinen.

KARLSTADT: Aber Meteorsteine sind doch ganz selten.

VALENTIN: Schon, aber bei mir geht die Sicherheit über die Seltenheit.

KARLSTADT: Grüß Gott! – Ah, Sie sind der Ausgeher von der Vogelhandlung?

VALENTIN: Sind Sie zu Haus?

KARLSTADT: Ich wart schon so lange auf Sie; ich hab schon glaubt, Sie kommen nicht mehr.

VALENTIN: Da ist der Kanarienvogel samt Käfig, und da ist die Rechnung.

KARLSTADT: Das ist recht – wo ist denn der Hansi? – Der Käfig ist ja leer, wo ist denn der Vogel?

VALENTIN: Der muß schon drin sein!

KARLSTADT: Was heißt, muß drin sein? Es ist aber keiner drin.

VALENTIN: Das ist ja ausgeschlossen. Ich bring Eahna doch net an leeren Käfig!

KARLSTADT: Ja, bitte, schauns doch selber nein!

VALENTIN: Da brauch ich gar net neinschaun, mir ham doch schließlich a reelles Geschäft; was glauben Sie, was die Kunden sagen täten, wenn wir überall an leeren Käfig hinbringen würden, und noch dazu ohne Vogel! Unsere Kundschaften werden richtig bedient, da fehlt sich nix.

KARLSTADT: Was heißt, da fehlt sich nix? Natürlich fehlt was – der Vogel fehlt.

VALENTIN: Da müßte er mir beim Transport auskommen sein, daß das Türl offen war.

KARLSTADT: Redens doch nicht; das Türl kann nicht offen gewesen sein, das ist ja zu.

VALENTIN: Des is zu?

KARLSTADT: Natürlich!

VALENTIN: Dann muß er drin sein!

KARLSTADT: Er ist aber nicht drin.

VALENTIN: Frau, das ist unmöglich. Bei einer geschlossenen Tür kann kein Vogel raus.

KARLSTADT: Aber in dem Fall muß er doch rausgekommen sein, sonst wär er ja drin!

VALENTIN: Drin muß er sein, da gibts gar koan Zweifel! – Schauns amal auf d' Rechnung nauf, ob er auf der Rechnung steht!

KARLSTADT: Ja, da steht er freilich: Ein Käfig mit Vogel 13 Mark.

VALENTIN: No also, da sehn Sies! Glauben Sie, mein Prinzipal würde Ihnen eine Rechnung schreiben »Käfig mit Vogel 13 Mark«, und würde Ihnen statt an Käfig mit Vogel nur einen Käfig allein liefern? Der Käfig allein nützt Ihnen nichts und der Vogel allein nützt Ihnen auch nichts! Das ghört zusammen wie a Suppn ohne Salz.

KARLSTADT: Was macht man jetzt da?

VALENTIN: Ja, ich muß die Rechnung einkassieren. 13 Mark macht alles zusammen.

KARLSTADT: Was heißt da, alles zusammen?

VALENTIN: Ja, der Käfig und der Vogel.

KARLSTADT: Vogel war doch keiner drin; ich bezahle doch nicht, was ich nicht vollständig bekommen habe.

VALENTIN: Ja, dann nehme ich die ganze Ware wieder mit.

KARLSTADT: Die ganze Ware ist gut; Sie können ja nur den Käfig mitnehmen, Vogel war ja keiner drin.

VALENTIN: Frau, der Vogel muß drin gewesen sein!

KARLSTADT: Na, wo wär er dann hingekommen?

VALENTIN: Das ist mir gleich. Auf der Rechnung steht: Käfig mit Vogel 13 Mark.

KARLSTADT: Da müssen Sie mir aber zuerst einen Käfig mit Vogel bringen!

VALENTIN: In diesem Fall nun nicht, Frau! Da bräuchte ich doch nur mehr den Vogel bringen!

KARLSTADT: Wieso nur den Vogel? Ich brauch doch einen Käfig auch dazu!

VALENTIN: No ja, an Käfig hams doch schon! Sie werden doch nicht behaupten, daß der Käfig auch ausgekommen ist.

KARLSTADT: Reden Sie doch nicht. Der Käfig ist freilich da. Sie brauchen mir nur mehr den Vogel dazu liefern!

VALENTIN: Einen Vogel allein liefern wir ja nicht; nur immer zusammen: Käfig mit Vogel.

KARLSTADT: Ja, mir haben Sie den Käfig allein geliefert, ohne Vogel.

VALENTIN: Aber auf der Rechnung steht: Käfig mit Vogel – bitte: Käfig mit Vogel!

KARLSTADT: Ich bin doch nicht verpflichtet, daß ich Ihr saudummes Geschwätz anhör! *Sie schlägt die Tür zu.*

VALENTIN: Jetzt hats mir d' Tür vor der Nasn zuaghaut! Ich kanns der Frau auch wirklich nicht verdenken, denn es ist wirklich kein Vogel drin. – Aber auf der Rechnung steht tatsächlich: Käfig mit Vogel!

KARLSTADT: Sie, bitte, wie komme ich denn hier am schnellsten zum
   Bahnhof?

VALENTIN: Da sind Sie noch weit weg. Da müßten Sie entweder
   gehen oder fahren. Wenn Sie fahren, sind Sie vielleicht in fünfzehn
   Minuten dort, aber zu Fuß brauchens bedeutend länger.

KARLSTADT: Und wie geht man denn da, wenn man zu Fuß
   geht?

VALENTIN: Da gibt es drei Wege. Entweder Sie gehen geradeaus und
   dann über den großen Platz, oder Sie gehen durch den Stadtpark
   und bei dem Hotel vorbei, oder Sie gehen am kürzesten durch die
   Passage durch und zwischen dem Kaufhaus und der Markthalle
   durch. Dann kommen Sie direkt hin.

KARLSTADT: Ja, ich hab aber höchste Zeit, denn um 15.20 Uhr geht
   schon mein Zug, und jetzt ist es schon 15.10 Uhr.

VALENTIN: Ja, dann ist es gscheiter, Sie gehn den Kasernenweg
   entlang, bei der Autotankstelle vorbei und da könnens dann noch
   mal fragen.

KARLSTADT: So, da soll ich dann noch mal fragen; ja, geht denn
   keine Straßenbahn hin?

VALENTIN: Ja, mit der Straßenbahn ist es überfüllt, wissens, da kriegt
   man so wenig Platz und zerst muß man so lange warten und
   schließlich kommts dann und ist besetzt.

KARLSTADT: Also, dann ist das auch nichts. Und ich habe schon
   höchste Zeit, o mei, o mei, wenn ich Sie nur besser verstehn tät!

VALENTIN: Ja, ich kann schon lauter reden!

KARLSTADT: Nein, nicht lauter!

VALENTIN: Leiser?

KARLSTADT: Nein, deutlicher sollen Sie reden!

VALENTIN: Ja, deutlicher kann ich nicht reden!

KARLSTADT: Haben Sie einen Sprachfehler?

VALENTIN: Nein, nein!

KARLSTADT: Reden Sie immer so undeutlich?

VALENTIN: Nein, nur wenn ich auf der Straße was gfragt werd.

KARLSTADT: Ja, Sie brauchen ja nur Ihren Mund weiter aufmachen
   beim Sprechen!

VALENTIN: Des trau i mir net.

KARLSTADT: Warum nicht?

VALENTIN: Weil i zum Zahnarzt muß.

KARLSTADT: Beim Zahnarzt müssens an Mund auch weiter aufmachen!

VALENTIN: Ja, da machts ja nichts mehr. – Mir ist nämlich heut mei
Goldplombe locker wordn und da hab i Angst, daß mas rausfällt,
wenn ich an Mund aufmach. Und da muß ich jetzt so obacht gebn
und kann den Mund net aufmachen.

KARLSTADT: Und ausgerechnet Sie muß ich fragen um Auskunft!

VALENTIN: Ah, das macht mir nichts!

KARLSTADT: Ja, Ihnen machts freilich nichts, aber mir machts was!

VALENTIN: Wieso?

KARLSTADT: Ja, weil ich an Zug versäumt hab!

SIE: Mei Ruh laß mir!

ER: Du mir auch!

SIE: Ich weiß schon, wieviel es gschlagen hat!

ER: Ich auch!

SIE: A andrer Mann geht auf d' Nacht in sein Wirtshaus und kommt in der Früh heim; aber das ist ja dir alles fremd, du fühlst dich ja nur am häuslichen Herd glücklich!

ER: Du hockst ja auch lieber daheim bei mir!

SIE: Ja, wenn du es nur einsiehst!

ER: Du hast mir noch jede Stunde meines Lebens verschönt!

SIE: Du mir genauso; und wenn ich noch so betrübt war, so warst es du, der mir jeden Wunsch von den Augen absah!

ER: Ja, weißt du noch, wie wir damals in jener Sommernacht allein auf einer Bank saßen? Du wolltest noch bleiben und ich wollte noch bleiben, und dann kam der Schutzmann, der uns dann fragte, was wir denn da wollen.

SIE: Ja, und dann warst du es, der gesagt hat: Ach, lassen Sie uns doch allein!

ER: Ja, das weiß ich noch, aber Gott sei Dank war der Schutzmann dann vernünftiger und ist gegangen.

SIE: Drum sag ich es tausendmal: hätte ich nur einen andern kennen gelernt als dich, was hätt ich denn an einem andern gehabt: nichts als Verdruß und Ärger!

ER: Ach, wenn man dich so ansieht. Du bist ja so eine – ach, ich kann mich gar nicht ausdrücken – so ein liebes Ding, daß ich dir gleich stundenlang in die Augen schauen könnte!

SIE: Du kannst natürlich nichts als einem Sachen ins Gesicht schleudern, die leider wahr sind! Aber meine liebe Frau Schwiegermutter ist ja dieselbe wir ihr Herr Sohn; die kann ja auch sonst nichts, als mir recht schön ins Gesicht tun und hinter meinem Rücken lobt sie mich, wo sie mich nur loben kann! Aber da bin ich ihr gut genug, daß ich ihr meine ganze Wäsche waschen lasse, alle Näharbeiten laß ich ihr zukommen, ohne einen Pfennig zu verlangen; da ist man dann die Schwiegertochter hinten und vorne! Zum Weihnachtsfest alle Jahre hab ich von ihr die schönsten Präsente angenommen ohne ein Wort zu sagen; aber das ist scheints alles vergessen!

ER: Aber meiner lieben Schwiegermutter fehlt auch nichts! Wie oft hab ich einen kleinen Seitensprung gemacht, bei dem sie mich ertappte – nichts hat sie dir davon gesagt! Verheimlicht hat sie dir alles!

SIE: Das sind ja unplumpe Vertraulichkeiten! Das sagst du ja nur zu mir, daß ich dich noch lieber haben sollte, als ich dich sowieso schon habe. Mit derlei Sachen kannst du mich nicht aus der Ruhe bringen und wenn du mirs nicht zu bunt machst, dann pack ich meine sieben Zwetschgen zusammen und bleib erst recht bei dir!

ER: Du darfst dich nicht beklagen, denn so gemeint war es ja nicht. *Haut mit der Faust auf den Tisch.* Ich verbitte mir nun endlich deine Zudringlichkeiten! Ich hab dir heute schon mindestens hundert Küsse gegeben, und mehr braucht eine Frau nicht an einem Tag!

SIE: Das ist eine unverschämte Lüge von dir! Du bist ein ganz gewalttätiger Mensch; das hat sich an meinem Namenstag gezeigt, als du mir den teuren Pelzmantel gekauft hast und ich wollte nur einen gewöhnlichen Lodenmantel.

ER: So, jetzt machst du mir noch Vorwürfe, aber ich werde es mir merken! Zu deinem Geburtstag bekommst du von mir für deine impertinente Bescheidenheit 500 Mark, dann kannst du dir kaufen, was du willst; dann brauch ich mich wenigstens nicht mehr freuen über deine Dankbarkeit!

SIE: Ja ja, jetzt kommt natürlich wieder der Vorwurf, das bin ich ja an dir schon gewöhnt! Ich verbitte mir ab heute von dir jede Unzudringlichkeit, sonst werde ich dir den Himmel kalt machen. Es heißt zwar die Hölle heiß machen, aber bei dir ist das alles fruchtlos!

ER: Eleonore, sei doch nicht unvernünftig! Wollen wir uns doch wieder vertragen! Wozu immer diese aufregenden Schmeicheleien? Sagen wir uns doch lieber in aller Ruhe die Gemeinheiten direkt ins Gesicht!

SIE: Ja, du saudummer Kerl! Da hast recht! Da bin ich sofort damit einverstanden.

ER: Na also, du Rindviech, du depperts! Siehst, es geht auch so!

KARLSTADT: Darf ich bitten, der nächste.

VALENTIN: Grüß Gott, Herr Arzt.

KARLSTADT: Grüß Gott, Herr Meier. Na, wo fehlts?

VALENTIN: O mei, Herr Doktor, mit meim Magn stimmts nimmer recht. Jedesmal, wenn ich gessen hab, dann hab ich den Magn so voll.

KARLSTADT: Ja, das ist doch keine Krankheit, das ist doch ganz logisch, wenn Sie in den Magen was hineintun, muß er ja voll werden. – Wie ist es denn, wenn Sie nichts essen?

VALENTIN: Ganz das Gegenteil, dann fühl ich so eine Leere im Magn.

KARLSTADT: Na sehen Sie, dann ist doch Ihr Magen in Ordnung.

VALENTIN: Ja, aber wie kommt denn das dann, daß ich beim Stiegensteigen so schnaufen muß?

KARLSTADT: Ja, mein Lieber, da muß ein anderer auch schnaufen, aber das hängt doch nicht mit dem Magen zusammen, sondern mit der Lunge.

VALENTIN: Ja, auf der Lunge bin ich gsund, da fehlt mir nix, trotzdem ich mir vor zwei Jahren an Fuß brochen hab.

KARLSTADT: So, an Fuß haben Sie sich gebrochen, wie ist denn das passiert?

VALENTIN: Zu viel Alkohol hatt ich dawischt.

KARLSTADT: Am Alkohol können Sie sich doch nicht den Fuß brechen.

VALENTIN: Freili, bsuffa war i und da bin i auf einer ausländischen Bananenschale ausgrutscht und hab mir meinen eigenen Fuß gebrochen.

KARLSTADT: Ja, da war aber dann nicht der Alkohol schuld, sondern die Bananenschale.

VALENTIN: Selbstverständlich war die Bananenschale schuld, weil ich die net gsehn hab, und drum glaub ich, Herr Doktor, daß mit meinen Augen nimmers Richtige is, weil, wenn ich zum Beispiel daheim Zeitung lies, dann krieg ich so Kreuzweh, daß ichs Lesen aufhörn muß.

KARLSTADT: Aber lieber Herr Meier, schlechte Augen können niemals Kreuzschmerzen erzeugen.

VALENTIN: Des kann schon sein, aber d' Augen unds Kreuz müssen doch eine heimliche Verbindung haben, weil man oft die alten

Leut jammern hört, wenns sagen: »Es ist schon ein rechtes Kreuz, wenn man nicht mehr gut sieht.«

KARLSTADT: Ja, Herr Meier, Sie sollen halt weniger Zeitung lesen und dafür mehr Obst essen, denn Obst ist gesund.

VALENTIN: Nicht für jeden, Herr Doktor. A Bekannter von mir wäre beinahe an einer Zwetschgen erstickt.

KARLSTADT: Wie alt sind Sie denn schon, Herr Meier?

VALENTIN: Herr Doktor, ich bin schon bald zehn Jahre älter als meine Frau. Ja.

KARLSTADT: So so – und wie alt ist denn Ihre Frau?

VALENTIN: Ja, meine Frau, die ist jetzt – das könnt ich Ihnen momentan gar nicht sagen.

KARLSTADT: Nun ja, ist auch Nebensache. – Ist der Darm in Ordnung?

VALENTIN: Von der Frau?

KARLSTADT: Nein, nein, der Ihrige.

VALENTIN: Ach so, der meinige – ja, ja – selbstverständlich – im Vertrauen zu Ihnen gesagt ... *Valentin flüstert dem Arzt etwas ins Ohr.*

KARLSTADT: So so, hahahahaha – dann lieber nicht, dann verschreib ich Ihnen statt Rizinusöl lieber Opiumtropfen. – Was haben Sie eigentlich für einen Beruf, Herr Meier?

VALENTIN: Ich bin Leiternfabrikant.

KARLSTADT: Aha, Sie machen die langen Leitern für die Feuerwehr?

VALENTIN: Nein, nein, ich mach die ganz winzig kleinen für die Laubfrösch.

KARLSTADT: Was Sie nicht sagen, sehr interessant. Na ja, Leiter ist Leiter, aber daß wir wieder auf unser Thema zurückkommen, Herr Meier, außer einer kleinen Diarrhöe wüßt ich nicht, was Ihnen fehlt. Sie sind vollständig gesund.

VALENTIN: Was? Gsund bin i? Mir wars ja gnua, für was bin i dann bei der Krankenkasse?!

MAXL: Grüß Gott, Herr Zitherlehrer.

LEHRER: Grüß Gott, Maxl; komm nur herein.

MAXL: An schönen Gruß von der Mutter und Sie möchten vielmals entschuldigen, daß ich heute so spät komme.

LEHRER: Hat dich deine Mutter so lange benötigt?

MAXL: Na, na, d' Mutter hat mich pünktlich fortgeschickt – aber i hab mit meine Kameraden »Räuber und Schandi« gspielt.

LEHRER: Ja, was hat denn das mit deiner Mutter zu tun?

MAXL: Des woaß i aa net.

LEHRER: Na ja. Hast du fleißig gelernt?

MAXL: Nein, Herr Lehrer!

LEHRER: Warum nicht?

MAXL: Ja, ich hab der Mutter Kohlen raufholen müssen vom Keller.

LEHRER: Das ist ja recht und schön, wenn du deiner Mutter hilfst, aber heut ist doch Donnerstag und am Montag warst du das letztemal bei mir in der Zitherstunde; du hast doch nicht drei Tage lang Kohlen raufholen müssen vom Keller.

MAXL: Ich hab ja Kartoffeln auch raufholen müssen.

LEHRER: Ja, ja, aber das dauert doch nicht drei Tage lang.

MAXL: Aber a Milli hab i auch holen müssen und a Salatöl.

LEHRER: Das ist ja alles ganz recht – aber du hättest doch alle Tage wenigstens eine Stunde üben können.

MAXL: Na, des is net ganga, weils so kalt gwen is in unserm Zimmer.

LEHRER: Dann heizt man eben ein, ich muß auch heizen – da hätte halt deine Mutter einheizen sollen.

MAXL: Mir ham ja keine Kohlen.

LEHRER: Wieso? Grad vorher hast du gesagt, du hast deiner Mutter Kohlen raufholen müssen vom Keller und jetzt im Moment sagst du wieder, ihr habt keine Kohlen.

MAXL: Ja, im Keller ham ma keine mehr, weil ichs alle rauftragen hab.

LEHRER: Nun ja, dann hast du die Kohlen heraufgetragen und dann hat sie eingeheizt.

MAXL: Na, na!

LEHRER: Was na, na?

MAXL: Eingheizt war ja schon.

LEHRER: Wie? Es war schon eingeheizt?

MAXL: Ja, eingheizt hat d' Mutter scho ghabt mit Holz allein, aber bis i d' Kohlen rauftragen hab vom Keller, is 's Holz wieder verbrennt gwen, weil mir im vierten Stock wohnen.

LEHRER: Ich glaub halt, daß deine Mutter nicht richtig einheizen kann. Dann soll eben dein großer Bruder Feuer machen.

MAXL: Moana Sie an Schorsche? Der Schorsche konn se ja net bucka, der hat ja an wehen Fuaß, weil er vom Baum abigfalln is.

LEHRER: Ach ja, der ist vom Baum gefallen. – Bei der Arbeit?

MAXL: Na, beim Obststehln.

LEHRER: Dann soll halt deine Großmutter einheizen.

MAXL: Ah, d' Großmutter, de is ja scho z' alt, de sieht ja net amal an Ofa, viel wenigers Ofaloch.

LEHRER: Ja, irgendwer wird doch bei euch zu Haus noch einheizen können!

MAXL: Mei Tante, die hat –

LEHRER: Nun ja, die Tante, soll doch die einheizen!

MAXL: Mei Tante, die hat gut einheizen können, aber die is ja schon gstorbn vor vier Jahr.

LEHRER: Ist denn das möglich, daß in einer Familie niemand einheizen kann? Es muß doch bei euch zu Hause ein Mensch sein –

MAXL: Ja, höchstens mei Schwester, d' Lina – aber de hoazt nia ein, weil d' Muatter erst neulich zu ihr gsagt hat, sie soll eihoazn, na hat mei Schwester gsagt: »Des kannst dir denken, daß i mit de frischlackierten Fingernägel eihoazn tu und rußige Pratzn kriag.«

LEHRER: Na also, wenn deine Schwester zu nobel ist zum Einheizen, dann muß sich doch um Himmels willen irgend jemand finden, der bei euch einheizen kann.

MAXL: Ja, höchstens der Vater.

LEHRER: Ach was, der Vater heizen – Heizen ist doch kein Geschäft für den Vater!

MAXL: Ja, ja – mei Vater is doch Heizer.

VALENTIN: Ah, eine gute Bekannte, die Frau ... no, jetzt weiß ich Ihren Namen nicht mehr.

KARLSTADT: Das sieht Ihnen wieder ähnlich. Wir haben aber doch so lange in einem Haus gewohnt, in der Dingsstraße ...

VALENTIN: Ja stimmt, freilich, freilich, die Frau Schweighofer sind Sie!

KARLSTADT: Nein, nein, im Gegenteil, ein ganz kurzer Name ...

VALENTIN: Jetzt hab ichs: die Frau Lang!

KARLSTADT: Nein, nein, ein kurzer Name ist es doch! – Ich könnts Ihnen schon sagen.

VALENTIN: Frau Mayerhofer!

KARLSTADT: Ja, ganz richtig! Und Sie sind Herr Hofmayer!

VALENTIN: Ja stimmt! Wissen Sie noch, wie wir die beiden Namen immer am Anfang verwechselt haben? – Ja, ja, Frau Mayerhofer, es ist gut, daß ich Sie eben treffe, ich wollte Ihnen etwas Wichtiges sagen und jetzt weiß ich momentan nicht, was ... was war denn das?

KARLSTADT: Das geht mir auch oft so!

VALENTIN: Was war das nur? – Hm hm hm, es ist zum Kotzen!

KARLSTADT: War es was Geschäftliches?

VALENTIN: Nein, nein, es war ... weil ich mir auch noch dachte, das muß ich Ihnen sagen, wenn ich Sie treffe.

KARLSTADT: Ja, lieber Gott, man wird eben älter und damit auch vergeßlicher.

VALENTIN: Das stimmt! – Was wollt ich nur sagen?! – Fällt mir nicht mehr ein.

KARLSTADT: Mir gehts auch so. Ich war gestern in no no no – wo war das gleich?! In ...

VALENTIN: Daheim?

KARLSTADT: Nein, nein, in Daheim war ich nicht, in no, sagns mirs doch!

VALENTIN: Ich hab keine Ahnung, wo Sie waren.

KARLSTADT: Ja, das glaub ich schon, daß Sie das nicht wissen, ich weiß es ja selber nicht! In ... nun ja, es ist ja Nebensache – und da habe ich geschäftlich zu tun gehabt; da sollte ich ... da sollte ich ...

VALENTIN: Genauso gehts mir auch immer, da lauf ich oft daheim ins andere Zimmer hinüber, und wenn ich drüben bin, weiß ich nimmer, was ich wollte.

KARLSTADT: Ich bin einmal zu einem Arzt gegangen wegen meiner Vergeßlichkeit, und wie ich beim Arzt war und der fragte mich, was mir fehlt – meinen Sie, mir wärs eingefallen! – Da hab ich ganz vergessen, daß ich wegen meiner Vergeßlichkeit zu ihm gegangen bin.

VALENTIN: Man soll sich alles aufschreiben, dann vergißt mans nicht.

KARLSTADT: Das hab ich schon probiert – das kann ich nicht!

VALENTIN: Warum nicht?

KARLSTADT: Weil ich immer vergeß, daß ich einen Bleistift mitnehm und ein Papier.

VALENTIN: Einmal hab ich etwas nicht vergessen. Da hab ich mir was Wichtiges merken wollen, dann hab ich mir gesagt: Ach, des hat gar keinen Wert, wenn ich mir das merken will, denn das vergeß ich ja doch! – Und was meinen Sie? – Ich hab mirs gmerkt!

KARLSTADT: Ja, und was war das?

VALENTIN: Jetzt weiß ichs nimmer!

LANG: Ja, Herr Kurz, wie einem nur so ein Unsinn träumen kann!

KURZ: Erzählens mir den Traum, vielleicht hab ich dasselbe auch schon einmal geträumt.

LANG: Unsinn! Jeder hat seine eigenen Träume. Das ist doch individuell. Zum Beispiel meine jüngste Tochter, die Otto – die Ottilie will ich sagen – gestern hats wieder so schwer geträumt. Gschrien hats aus Leibeskräften! »Ganz recht«, hab i gsagt, »leichtsinnigs Ding, wie oft hab i dir schon das Träumen verboten!«

KURZ: Nun, erzählen Sie mir doch, was Sie geträumt haben!

LANG: Ja – wahrscheinlich war es ein Alpendruck. Ich, wir und unser ganzer Gesangverein, dreizehn Mann, standen auf einem Bahnhof und wollten in den Zug einsteigen. Im Nu sehn wir, daß dieser Eisenbahnzug nur zwölf Wagen hat – wir waren aber dreizehn Mann. Jetzt hat einer, das war ich, neben dem Zug herlaufen müssen, und einer hat die Hand aus dem hintern Wagen rausgestreckt und hat mich geführt. Schon bei den ersten fünfzig Kilometern hätt ichs bald nimmer daschnaufen können, denn der Personenzug ist ja schneller gfahrn als der Orientexpreß, weil der Lokomotivführer das gsehn hat, daß ich neben dem Zug hinten mitlaufe, hat er gemeint, ich bin ein Dieb und will ihm seinen Eisenbahnzug stehlen – im Traum natürlich. Mit dem ganzen Eisenbahnzug sind wir plötzlich in ein Hotel hineinfahrn und mitten in ein Schlafzimmer hinein; da sind wir zwölf Mann ausgstiegn, der Eisenbahnzug ist zum Fenster hinausgeflogn – im Traum natürlich – und wir haben uns ins Bett gelegt. Im Schlafzimmer war aber nur ein Bett; jetzt haben wir dreizehn Mann uns in ein Bett gelegt – ich war der unterste. Immer wenn ich aufgschnauft hab, hats den obersten Mann an den Plafond hingedrückt. Keiner hat die ganze Nacht keine Minute nicht geschlafen – im Traum natürlich. Am andern Morgen wollten wir eine Bergpartie machen. Bei einem Käshändler haben wir uns Proviant mitgenommen – einen Papiersack voll flüssigen Lineburger – zehn Kilo. Zwei Mann haben den Sack getragen. Plötzlich reißt der Sack, der Lineburger läuft raus, fängt zu laufen an, läuft über einen Berg hinunter – gestunken hats wie in der Lineburger Heide – natürlich nur im Traum. Wie wir alle am Bergesgipfel oben waren, fallen wir dreizehn Mann in ein Gletscherspalte hinunter – fünfhundert Meter tief –, aber wir waren nicht verloren. Unser

Tenor sang die Tonleiter und an dieser Tonleiter sind wir wieder hinaufgestiegen – aber nur im Traum natürlich!

Valentin sitzt in einem Restaurant und schlürft Suppe.

HERR ZISSBIDELDIP: Na na na, das ist ja allerhand; wenn Sie schon nicht geräuschloser essen können, dann fressen Sie in Zukunft daheim, nicht im Restaurant!

VALENTIN: Das würde ich schon machen, aber meine Frau kann das Schmatzen und Schlürfen und die sonstigen Geräusche der Mahlzeit nicht hören.

HERR ZISSBIDELDIP: So, Ihre Frau kann das nicht hören; aber die fremden Leute im Restaurant, die neben Ihnen sitzen, die müssen sich das anhören!

VALENTIN: Müssen nicht – die brauchen sich ja nicht um mich herum setzen.

HERR ZISSBIDELDIP: Wenn aber sonst kein Platz mehr da ist?

VALENTIN: Dann schon! – Sie sind eben ein empfindlicher Mensch! Sie müssen doch auch auf der Straße gehen; da hören Sie den Straßenlärm, die Autos knattern, oben in der Luft surren die Flieger ...

HERR ZISSBIDELDIP: Sie werden doch nicht das Geräusch eines Flugmotors mit Ihrem Schmatzen vergleichen wollen!

VALENTIN: Selbstverständlich nicht! Das ist doch tausendmal lauter! Nun, da sehn Sie ja, wie kapriziös Sie sind! Die Flieger und der Straßenlärm regen Sie nicht auf, aber meine kleine Mundbewegung beim Essen macht Sie nervös!

HERR ZISSBIDELDIP: Ein Flugmotor surrt; das ist ein mechanisches Geräusch, weil es von einer Maschine erzeugt wird.

VALENTIN: Das ist richtig. Aber Sie können von mir nicht verlangen, daß ich beim Essen surren soll; das ist mir nicht möglich – nicht einmal, wenn ich ein Surrhaxl verspeisen würde! – Sie sind halt ein geräuschempfindlicher Mensch! Da – haben Sies soeben gehört! Der Herr da drüben hat geschneuzt! Warum beschweren Sie sich nicht über das Nasengeräusch?

HERR ZISSBIDELDIP: Ja, ich kann doch dem Herrn das Schneuzen nicht verbieten!

VALENTIN: So, das können Sie nicht! Aber mir wollen Sie das Essen verbieten!

HERR ZISSBIDELDIP: Das Essen nicht! – Über Ihr Schnatzen hab ich mich aufgeregt, und das mit Recht!

Valentin niest.

HERR ZISSBIDELDIP: Zum Wohl! Gesundheit! Helf Gott!

VALENTIN: Was wollen Sie mit der dummen Bemerkung?

HERR ZISSBIDELDIP: Nun ja, wenn jemand niest, so sagt man zu demjenigen, der genossen hat, Gesundheit!

VALENTIN: Das finde ich aber sehr komisch! Zu einem Nasenge-räusch, das eigentlich nicht sehr hygienisch ist, sagen Sie: Gesund-heit! Und über das Schmatzen beim Essen regen Sie sich auf.

HERR ZISSBIDELDIP *bekommt einen Schluckauf*: Hupp! Verzei-hung!

VALENTIN: Was soll ich denn verzeihen?

HERR ZISSBIDELDIP: Hupp! Sie sollen mir verzeihen, weil ich einen Schnackler getan habe.

VALENTIN: Schnackeln Sie ruhig weiter; ich bin ja nicht so kindisch wie Sie, daß ich mich über Ihren Schnackler aufrege. *Läßt einen sogenannten Magenkopper.*

HERR ZISSBIDELDIP: Na hören Sie, alles was recht ist! Benehmen Sie sich doch am Biertisch anständig!

VALENTIN: Ich habe mich ja über Ihren Schnackler auch nicht aufge-regt. Was kann ich denn dafür, wenn ich eine Magenblähung habe, das ist doch nur überflüssige Luft!

HERR ZISSBIDELDIP: Lassen Sie Ihre Luft ausströmen, wo Sie wol-len, aber nicht in meiner Gegenwart; merken Sie sich das für die Zukunft!

Im Hutladen

VERKÄUFERIN: Guten Tag. Sie wünschen?

VALENTIN: Einen Hut.

VERKÄUFERIN: Was soll das für ein Hut sein?

VALENTIN: Einer zum Aufsetzen.

VERKÄUFERIN: Ja, anziehen können Sie niemals einen Hut, den muß man immer aufsetzen.

VALENTIN: Nein, immer nicht – in der Kirche zum Beispiel kann ich den Hut nicht aufsetzen.

VERKÄUFERIN: In der Kiche nicht – aber Sie gehen doch nicht immer in die Kirche.

VALENTIN: Nein, nur da und hie.

VERKÄUFERIN: Sie meinen nur hie und da!

VALENTIN: Ja, ich will einen Hut zum Auf- und Absetzen.

VERKÄUFERIN: Jeden Hut können Sie auf- und absetzen! Wollen Sie einen weichen oder einen steifen Hut?

VALENTIN: Nein – einen grauen.

VERKÄUFERIN: Ich meine, was für eine Fasson?

VALENTIN: Eine farblose Fasson.

VERKÄUFERIN: Sie meinen, eine schicke Fasson – wir haben allerlei schicke Fassonen in allen Farben.

VALENTIN: In allen Farben? – Dann hellgelb!

VERKÄUFERIN: Aber hellgelbe Hüte gibt es nur im Karneval – einen hellgelben Herrenhut können Sie doch nicht tragen.

VALENTIN: Ich will ihn ja nicht tragen, sondern aufsetzen.

VERKÄUFERIN: Mit einem hellgelben Hut werden Sie ja ausgelacht.

VALENTIN: Aber Strohhüte sind doch hellgelb.

VERKÄUFERIN: Ach, Sie wollen einen Strohhut?

VALENTIN: Nein, ein Strohhut ist mir zu feuergefährlich!

VERKÄUFERIN: Asbesthüte gibt es leider noch nicht! – Schöne weiche Filzhüte hätten wir.

VALENTIN: Die weichen Filzhüte haben den Nachteil, daß man sie nicht hört, wenn sie einem vom Kopf auf den Boden fallen.

VERKÄUFERIN: Na, dann müssen Sie sich eben einen Stahlhelm kaufen, den hört man fallen.

VALENTIN: Als Zivilist darf ich keinen Stahlhelm tragen.

VERKÄUFERIN: Nun müssen Sie sich aber bald entschließen, was Sie für einen Hut wollen.

VALENTIN: Einen neuen Hut!

VERKÄUFERIN: Ja, wir haben nur neue.

VALENTIN: Ich will ja einen neuen.

VERKÄUFERIN: Ja, aber was für einen?

VALENTIN: Einen Herrenhut!

VERKÄUFERIN: Damenhüte führen wir nicht!

VALENTIN: Ich will auch keinen Damenhut!

VERKÄUFERIN: Sie sind sehr schwer zu bedienen, ich zeige Ihnen einmal mehrere Hüte!

VALENTIN: Was heißt mehrere, ich will doch nur einen. Ich habe ja auch nur einen Kopf.

VERKÄUFERIN: Nein, zur Auswahl zeige ich Ihnen mehrere.

VALENTIN: Ich will keine Auswahl haben, sondern einen Hut, der mir paßt!

VERKÄUFERIN: Natürlich muß ein Hut passen, wenn Sie mir Ihre Kopfweite sagen, dann werde ich schon einen passenden finden.

VALENTIN: Meine Kopfweite ist bei weitem nicht so weit, wie Sie denken! Ich habe Kopfweite 55 – will aber Hutnummer 60 haben.

VERKÄUFERIN: Dann ist Ihnen ja der Hut zu groß.

VALENTIN: Aber er sitzt gut! Habe ich aber einen um fünf Nummern kleineren, der fällt mir runter.

VERKÄUFERIN: Das hat auch keinen Sinn; wenn man Kopfweite 55 hat, dann muß auch die Hutnummer 55 sein! Das war schon von jeher so.

VALENTIN: Von jeher! – Das ist ja eben das Traurige, daß die Geschäftsleute an den alten Sitten und Gebräuchen hängen und nicht mit der Zeit gehen.

VERKÄUFERIN: Was hat denn die Hutweite mit der neuen Zeit zu tun?

VALENTIN: Erlauben Sie mir: die Köpfe der Menschen bleiben doch nicht dieselben, die ändern sich doch fortwährend!

VERKÄUFERIN: Innen – aber außen doch nicht! Wir kommen da zu weit.

VALENTIN: Ja, Sie wollten doch die Weite wissen!

VERKÄUFERIN: Aber nicht von der neuen Zeit, sondern von Ihrem Kopf.

VALENTIN: Ich habe Ihnen nur erklären wollen, daß die Menschen in der sogenannten guten alten Zeit andere Köpfe hatten als heute.

VERKÄUFERIN: Das ist Quatsch – natürlich hatte jeder Mensch, solange die Menschheit besteht, seinen eigenen Kopf, aber wir reden doch nicht von der Eigenart, sondern von der Größe Ihres Kopfes. – Also, lassen Sie sich von mir belehren, nehmen Sie diesen Hut hier, Größe 55, der Hut kostet 15 Mark, ist schön und gut und ist auch modern.

VALENTIN: Natürlich lasse ich mich von Ihnen belehren, denn Sie sind Fachmann. Also, der Hut ist modern, sagen Sie.

VERKÄUFERIN: Ja, was heißt heute modern! Es gibt Herren, sogenannte Sonderlinge, die laufen Sommer und Winter ohne Hut im Freien herum und behaupten, das sei das Modernste!

VALENTIN: So, keinen Hut tragen ist das Modernste? Dann kaufe ich mir auch keinen. Auf Wiedersehen!

VERKÄUFERIN: Sie wünschen?
VALENTIN: Eine Leica.
VERKÄUFERIN: Zur Zeit haben wir leider keine da.
VALENTIN: Wann bekommen Sie wieder welche?
VERKÄUFERIN: Schauen Sie in vierzehn Tagen wieder her.
VALENTIN: Herschauen? Ich seh so schlecht. Außerdem wohne ich
in Planegg, fünfzehn Kilometer von München entfernt, und so
weit sehe ich nicht.
VERKÄUFERIN: Ich meine, kommen Sie in vierzehn Tagen wieder
her.
VALENTIN: Kommen, ja. Und da haben Sie Leicas bekommen?
VERKÄUFERIN: Vielleicht.
VALENTIN: Vielleicht? Ich kann ja auch nicht vielleicht kommen, ich
komme bestimmt.
VERKÄUFERIN: Bestimmt? Ich kann natürlich nicht garantieren, ob
in vierzehn Tagen bestimmt Leicas eingetroffen sind.
VALENTIN: Dann ist es auch nicht nötig, daß ich in vierzehn Tagen
kommen soll.
VERKÄUFERIN: Sie können ja auch später kommen.
VALENTIN: Um wieviel Uhr?
VERKÄUFERIN: Ich meine – acht Tage später kommen.
VALENTIN: Also in drei Wochen?
VERKÄUFERIN: Ja! Sie können ja auch früher kommen.
VALENTIN: Wer? Ich?
VERKÄUFERIN: Nein, die Leicas.
VALENTIN: Und ich erst in drei Wochen?
VERKÄUFERIN: Nein. Wenn die Leicas früher eintreffen, dann kön-
nen Sie früher eine haben, wenn wir welche haben.
VALENTIN: Wenn ich aber auch früher komme und Sie haben noch
keine, soll ich dann etwas später kommen?
VERKÄUFERIN: Selbstverständlich.
VALENTIN: Wann?
VERKÄUFERIN: Das ist unbestimmt.
VALENTIN: Und wann wäre es dann bestimmt?
VERKÄUFERIN: Sobald welche da sind.
VALENTIN: Momentan haben Sie also keine da?
VERKÄUFERIN: Nein.
VALENTIN: Am liebsten wäre es mir, ich hätte jetzt gleich eine haben
können, dann bräucht ich überhaupt nicht mehr zu kommen.

VERKÄUFERIN: Das wär mir auch das liebste, wenn Sie nicht mehr kommen würden.

VALENTIN: Ich soll nicht mehr kommen?

VERKÄUFERIN: Freilich können Sie kommen, aber doch erst, wenn wir wieder Leicas haben.

VALENTIN: Und wann haben Sie welche?

VERKÄUFERIN: Ich sagte Ihnen ja schon, schauen Sie in vierzehn Tagen wieder her!

VALENTIN: Herschauen? Ich seh so schlecht. Außerdem wohne ich in Planegg, fünfzehn Kilometer von München entfernt, und so weit sehe ich nicht.

Und so weiter und so fort.

Das große
Karl Valentin
Buch
Herausgegeben von Michael Schulte
Mit Abbildungen · 457 Seiten
dtv Sonderreihe · dtv 01

Das große
Ludwig Thoma
Buch
Herausgegeben von Richard Lemp
Mit Abbildungen · dtv 01011
457 Seiten · dtv 01011 · 457 Seiten Karton

Das große
Karl Valentin
Buch

Herausgegeben von Michael Schulte
2. Aufl., 40. Tsd., 405 Seiten
mit 107 Abbildungen. Leinen

Das große
Ludwig Thoma
Buch

Herausgegeben von Richard Lemp
Mit 56 Zeichnungen, 43 Fotos
und 10 Faksimiles, 393 Seiten. Leinen

Piper

Satiren
Parodien

Heiteres